こぎつね、わらわら
稲荷神のおもいで飯

松幸かほ

SKYHIGH文庫

おしながき

一　010
二　035
三　059
四　101
五　129
六　155
七　195
八　231
九　271
十　283
コミカライズ出張版　288

加ノ原《かのはら》秀尚《ひでひさ》
陽炎《かぎろい》
寿々《すず》
萌黄《もえぎ》
浅葱《あさぎ》

登場人物紹介
illustration テクノサマタ
時雨《しぐれ》
暁闇《あけやみ》
冬雪《とうせつ》
濱旭《はまあさひ》
景仙《けいぜん》
豊峯《とよみね》
殊尋《ことひろ》
宵星《よいぼし》
十重《とえ》
二十重《はたえ》
稀永《まれなが》

加《か》ノ《の》原《はら》 秀《ひで》尚《ひさ》	食事処「加ノ屋」の料理人。26歳。まっすぐな性格で情に厚い。
浅《あさ》葱《ぎ》&萌《もえ》黄《ぎ》	双子の狐。浅葱は活発、萌黄はおとなしい系。どちらも頑固。
寿《す》々《ず》	赤ちゃん狐。めちゃめちゃ可愛い。
陽炎《かぎろい》	「あわいの地」警備担当。明るいムードメーカー。
時雨《しぐれ》	オネエ(?)稲荷。可愛いものが大好き♥
冬《とう》雪《せつ》	本宮との連絡役兼「あわいの地」警備担当。たらし。
景《けい》仙《ぜん》	おっとり系の稲荷。既婚者。
濱旭《はまあさひ》	やんちゃ系の稲荷。機械関連が得意。
豊《とよ》峯《みね》・十《と》重《え》 二《は》十《た》重《え》 殊《こと》尋《ひろ》・稀《まれ》永《なが》	「萌芽の館」で暮らすちみっこ狐たち。おいしいものが大好き。
宵《よい》星《ぼし》	暁闇から託された謎の少年。ちみっこ狐たちに懐かれている。
暁《あけ》闇《やみ》	半面の黒狐面で顔を隠した大人稲荷。登場がいつも派手。

こぎつね、わらわら

稲荷《いなり》神《がみ》のおもいで飯《めし》

Inarigami no
omoide meshi

「あかだってば！」

「あおです！」

手に、それぞれ赤と青のブロックを持った子供――なぜか頭とお尻にはふわふわの獣耳《けもみみ》と尻尾《しっぽ》がついている――が言い争いをする声が、部屋に響く。

そのうち、片方が無理につけたブロックを、もう一人の子供が外して投げ捨てる。

それに、先にブロックをつけた子供が泣き出したかと思えば、その周りにいた子供が、

「ぶろっくなげるのだめ」

「だれかにあたっちゃうかもでしょ」

と、注意する。

「だって、かってにあおいのつけるんだもん……！」

注意された子供はそう言ってふくれっ面をして、聞き入れようとしない。

諍《いさか》いの発端は、ブロックで作ったお城の屋根を何色にするか、という些細《ささい》なことで、些細すぎて仲裁するにも困るほどだ。

その中、少し離れた場所で他の子供に絵本を読んでやっていた、少し年長の長めの黒髪を後ろでひとつに結わえた少年が二人に近づき、

「二人とも、なんでケンカになった？」

ケンカの理由を問う。

理由を説明する過程で、ブロックを投げた子供も泣き出し、その声につられて先に泣いていた子供もさらに泣く。

このまま赤いブロックと青いブロックそれぞれの派閥に分かれて揉《も》める面倒くさい展開になるかとも思えたが、その年長の少年は、

「赤も青も、一番上に全部載っけてくには数が足《た》りねぇだろ。半分ずつにするか、数が多い緑か黄色にしたらどうだよ」

そう提案して、収めてしまう。

泣いていた二人は、二色のブロックを使うことに決めた様子で、載せ方を考え始め、部屋には再び穏《おだ》やかな時間が戻ってきたのだった。

一

夏も盛りを過ぎ、吹く風に時折、秋を感じさせる時季がやってきた。

窓から見える山の木々も、夏の濃い緑から徐々に柔らかな色へと変わりつつある。

京都《きょうと》市から離れた場所にある、とある山の麓《ふもと》よりはやや上、中腹よりはやや下という微妙な位置にぽつんとある食事処「加ノ屋《かのや》」。

その加ノ屋の店主である加ノ原秀尚《かのはらひでひさ》は、窓の外の様子を見つめながら、店の二階にある住居スペースで起きている騒動から現実逃避をしていた。

「だーかーらー！　あきのけーきは、くり！」

「ちがうって！　おいもさんだよ！」

「どっちもすきだけど、かぼちゃのぱいもたべたい！」

部屋中に響《ひび》く子供たちのスイーツ談義は現在紛糾していた。

内容は来月の子供たちの誕生日ケーキについて、である。

とはいえ、加ノ屋の二階に現在集合している子供たちは人間ではない。姿はどの子も愛らしいことこの上ないと秀尚は思っているし、実際メチャクチャ可愛い。そのメチャクチャ可愛い容姿に、頭にはふわっふわの獣耳、そしてお尻には尻尾が生えていた。

彼らは、将来稲荷神《いなりがみ》――正確には稲荷神の神使《しんし》だが――候補の子供たちなのだ。

本来の姿は狐なのだが、神使になる素質を秘《ひ》めている彼らは人の姿を取ることができる。

とはいえ、子供である彼らはまだ術も力も未熟で、耳と尻尾をしまうことはできないし、化け方も日によってムラがある。

人の姿になっているのに、手足だけ狐のままだったりすることもあるし、顔だけ狐のままになっていることもある。

そして、中にはまだ人の姿にはなれないのだが人の言葉を話す子もいて、なかなかにカオス……いや、ファンタジックな光景である。

そんなファンタジックな彼らには「誕生日」というものが存在しない。

彼らの親はみんな普通の狐で、たまたま能力を持って生まれてしまったため、現在親元を離れ、「あわいの地」と呼ばれる人の世界と神の世界の中間に位置する空間にある、「萌芽《ほうが》の館《やかた》」で育てられているのだ。

普通の狐から生まれた彼らが「誕生日」を知らなくても無理はない。そもそも、親狐が暦《こよみ》をさほど気にしない――ざっくりと季節の移り変わりは意識しているだろうが――からだ。

そのため、「誕生日パーティー」や「バースデーケーキ」といったものがあることを知った彼らは、自分たちの「誕生日」が分からないことにいたく衝撃を受けた。

そして、何名かは泣いた。

というか、号泣《ごうきゅう》した。それが連鎖《れんさ》して子供たち全員の号泣大会になるのを察した秀尚は、

「どうせ誕生日が分かんないなら、自由に決めていいと思うんだよね」

と、子供たち全員の誕生日を決めた。

その決め方は籤《くじ》だった。毎月誕生日があると準備をする秀尚が面倒だという理由で、偶数月の第三火曜を誕生日と決めて籤を作り、引かせたのだ。

もちろんこの決め方だと毎年誕生「日」は変わるのだが、子供たちにとっては「誕生日パーティーをして、ケーキを食べる」が目当てなので、特に問題はなかった。

こうして決められた一ヶ月おきの誕生日のケーキを何にするか決めることになったのだが、子供たちにはいろいろ食べたいケーキがあって、それで揉めているのだ。

——いろんなもの、食べさせすぎたよなぁ……。

秀尚は、ちょっと反省する。

子供たちと会ったのは少し前のこと。秀尚がまだホテルのメインダイニングで料理人として働いていた頃だ。

職場でトラブルがあり、気晴らしに今の加ノ屋があるこの山の頂上付近の神社に参拝する途中、秀尚は遭難《そうなん》して意識を失い、目が覚めたらあわいの地にある萌芽の館にいたのだ。

そこで元の世界に戻るまでの間、子供たちに料理を作っていた。それが縁で、無事に人界

へ戻った今も、子供たちに食事を作って届け、加ノ屋が休みの日には子供たちが遊びに来るという状況になっているのだ。

とにかく子供たちにおいしいものを食べさせてやりたいという気持ちと、喜ぶ姿を見るのが嬉しいのとで、いろいろな料理を作ってきたわけだが、その結果、見事なまでに子供たちの食への興味が増すという事態になっている。

「おいもがいい！」

「だめ！　ぜーったい、かぼちゃがいい……」

「……はたえは、くり！」

堂々巡《どうどうめぐ》りの主張をしあうのは籤で十月の誕生日を引いた十重《とえ》と二十重《はたえ》——この二人は双子の姉妹なので誕生日が別では都合が悪いから、二人で一枚籤を引いて決めた——、そして、まだ人の姿にはなることができない稀永《まれなが》だ。

その三人には、それぞれが主張するケーキを食べたい他の子供たちがサポーターとしてつき、同じように食べたいものを主張して、かしましいことこの上ない。

正直こんな時、加ノ屋が山の中にあってよかったなと秀尚は思う。

近くに民家があれば、子供たちの声のうるささに苦情の一つも言われるだろうし、独身男子一人で切り盛りしている店なのに、どうして大人数の子供の声が？　と疑われること必至だからだ。

――そろそろ事態を収拾しないといけないかな……。

秀尚がそう思った時、

「さて、食べたいケーキの候補は出揃ったようだな」

子供たちにそう声をかけたのは六尾の稲荷神の陽炎《かぎろい》だ。

細身でぱっと見は儚げにも見える色素の薄い美形男子の陽炎だが、中身は儚さとは程遠く、いたずら好きで、楽しいことにはとにかく首を突っ込み、事態を大きくしてしまう特技を持っていることでお馴染《なじ》みだ。普段、あわいの地の警備を担当している彼だが、今日は非番で子供たちと一緒に遊びに来ていた。

「かぎろいさま！」

「かぎろいさまは、どのけーきがすきですか？」

「おいもさんだよね！」

子供たちは陽炎を味方につけようと一斉に言い募《つの》った。

その言葉に陽炎は腕を組み、

「そうだなぁ……秋はうまいものが多い。栗やイモ、かぼちゃはもちろんだが、柿もうまいし、ブドウもだな。それにキノコ狩りも楽しみだ」

新たな食材を追加する。それに子供たちの目が輝き始めた。

「あまーいかき、だいすき！」

「ぶどうもー」

「きのこのはいったごはん、だいすきです！」

なんで、さらに子供たちを煽ることを言ってるんだと秀尚は内心で思う。何しろ陽炎は不用意な発言で騒ぎを大きくしたことが過去に何度かある。

一番記憶に新しいのは夏祭りで、人間界の出店の楽しさを伝えたばかりに、子供たちのためにあわいの地で祭りを開催することになったほどだ。

もちろん、楽しんだのは子供たちだけではなく、他の大人稲荷たちもだし、秀尚も出店側だったものの、久しぶりに祭りの楽しさを味わえたわけだが、陽炎の不用意な発言がなければせずにすんだ苦労もあるので、つい身構えてしまう。

だが、陽炎は、

「だから三つのうちのどれか、と言われても俺には選ぶことはできない。冬雪殿《とうせつ》もそうだろう？」

そう言って、もう一人、遊びに来ていた冬雪という大人稲荷に話を振った。

冬雪は陽炎と同じくあわいの地の警備に当たっている、やはり六尾の稲荷だ。

一八〇を越える長身で、体形もとにかく「ひょろい」陽炎とは違って、筋肉がちゃんとつきながらもすっとして見える――のだが、本人は最近太ったと言って、少し気にしている。

「そうだねぇ、確かに秋はおいしいものがいっぱいあるから、どれも魅力的で一つに絞るのは難しい話だね」

冬雪も陽炎の意見に同意して微笑を浮かべながら言った。

その発言内容はまったく普通なのに、冬雪が言うと、なぜか妙に艶《つや》っぽく聞こえるのが不思議だ。

ついでに言えば老若男女《ろうにゃくなんにょ》に対して気遣いができ、モテること間違いなさそうな冬雪を、秀尚はこっそり「前世がホスト」だと思っている。

冬雪の言葉に陽炎は頷《うなず》いてから、秀尚を見て、

「というわけで、加ノ原殿。次回の主役の三人の希望を叶えられる一品を考案するのは、難しい話かい？」

ストレートにブン投げてきた。

――やっぱりこっちに振ってくるんだ……。

そうは思ったが、子供たちの料理を作るのは秀尚だ。どのケーキに決まっても作るのに変わりはない。

「うーん……、さつまいもと栗とかぼちゃだったら、パイにするのが一番おいしいかな」

秀尚が言うと、

「ぱい、だいすき！」

かぼちゃパイを推《お》していた二十重が嬉しそうに言い、稀永も特に異存はない様子だ。だが、

十重は眉根を少し寄せた。

「でも、ぱいだったら、なまくりーむがたべられない……」

十重は生クリームが大好きで、時々おやつに出すパンケーキでも、生クリームは少し多めとリクエストしてくる。

だから、生クリームを使った普通のスポンジケーキがいいのだろう。

「パイに生クリーム添《そ》えようか？　パンケーキみたいに。それじゃだめ？」

「それなら、だいじょうぶ。くりもちゃんといれてくれる？」

栗は絶対に譲歩しない、とばかりに十重は確認してくる。

「入れるよ。そうだね、かぼちゃとさつまいもはペーストにして、そこに荒く砕《くだ》いた栗の甘露煮を入れようか。それをパイにして、焼き上がった熱々のパイに生クリームを添えてもいいし、リクエストによってはアイスクリームでもいいし」

秀尚の説明に子供たちは頭の中で「栗とさつまいもとかぼちゃのパイ、生クリームかアイスクリームを添えて」を想像し、うっとりとした顔になる。

「ぼくは、なまくりーむがいいです」

「ぼくはあいす！」

「ぼくもあいす！」

「俺は、うーん、ここは手堅《てがた》く生クリームか……」

「じゃあ、僕はアイスクリームにするよ。陽炎殿、半分こしないかい？」

子供たちと同じように、陽炎と冬雪も言う。

——あー、きっちり参加するつもりなんだ、この人たちも……。

大体予想はついていたというか、子供たちの誕生日会の後は、毎夜、加ノ屋の閉店後に厨房で開かれる大人稲荷のための居酒屋で、その日に出した料理やケーキをふるまっている。

ただ、当日の会に参加するかどうかだけの違いではあるのだが、二人の様子からすると会の参加を検討しているようだ。

そして二人の「半分こ」という言葉を聞いて、他の子供たちも生クリームとアイスクリームを半分こし合ったほうが両方食べられるということに気づき、半分こ仲間を募り合う。

結局全員が——赤ちゃん狐の寿々《すず》は意思表示が難しいので、寿々のお世話役をしている萌《もえ》黄《ぎ》という子供が決めた——半分こすることになったので、当日は全員に生クリームとアイスクリームを盛ることになった。

「じゃあ、これで誕生日のケーキは決まり。よかったね」

秀尚がそう言って話をシメると子供たちも頷いた。その様子に安堵《あんど》していると、突然、どこからともなく、サイズ的にはスズメくらいだが、エメラルドグリーンからローズレッドへの色の移り変わりが非常に美しい、どう考えても南国にしか住んでいなそうな鳥が現れた。

「お？」

即座に反応した陽炎が指先を出すと、その鳥はそこに止まった。

鳥の脚にはこよりのようなものが巻きつけられていて、陽炎がそれにふっと息を吹きかけると途端に解け、細長い短冊《たんざく》のような紙に変化した。

内容までは秀尚には分からないが、文字らしきものが書かれているのは見えたので、手紙だろう。

——伝書鳩《でんしょばと》、みたいなものかな。派手だけど……。

秀尚がそんなことを思っていると、内容に目を通していた陽炎の表情が曇《くも》り、そしてその短冊を冬雪へと差し出す。そして、それに目を通した冬雪の表情も微妙なものになった。

「冬雪殿、どう思う？」

陽炎に意見を求められ、冬雪は微妙な表情のまま、

「まあ、お世話になったのは確かだし……、相手が相手だからねぇ」

と返す。陽炎は仕方ないといった様子で頷いた後、

「加ノ原殿、すまんが裏庭を借りていいか」

と聞いてきた。

「変なことに使わないでくださいよ」

大丈夫だとは思うが、聞いてきたのが陽炎なので念を押すようにして言うと、

「稲荷を出迎えるための場を作るだけだから、安心してくれ」

と、陽炎は返してきた。

「え？　店の戸ってそっちの世界と繋《つな》がってるんですよね？　そこ使って来てもらえばよくないですか？」

秀尚は首を傾《かし》げて問う。

加ノ屋の店の戸はもちろん普通の客が出入りするためのものなのだが、陽炎たちのような稲荷たちが出入りするための「時空《じくう》の扉」になっている。

ちなみに、子供たちが普段暮らしている萌芽の館と繋がっているのは、この部屋の押し入れの襖《ふすま》で、子供たちはそこから出入りしている。

「いや、それだとちょっと問題がな……」

奥歯にものが挟まったような言い方が多少気にかかったが、とんでもないことなら多分冬雪が止めているだろうし、裏庭なら多少何か起きてもいいか、と秀尚は承諾《しょうだく》した。

とはいえ、何が起きるのか見届けたほうがいいので、裏庭に移動する陽炎と冬雪に秀尚もついていくことにした。そうなると子供たちも当然のようについてきたので、結局全員で裏庭に集合することになった。

陽炎が一瞬手のひらを振ると、どこからともなく一本の棒が現れ、それで地面に魔法陣を描き始めた。

「さて、と……お出ましを待つか」

そう言って一歩下がる。

それからものの数秒で魔法陣に描かれた呪文が光り、それらが空中へと浮かび上がっていくつもの光の玉になると、円陣の大きさの円柱を作り上げた。

だがそれは一瞬のことで、次の瞬間、深紅《しんく》の薔薇《ばら》の花弁が円陣の中央から噴出するように振り撒《ま》かれ、それと同時に一人の稲荷が現れた。

「あ、あれ……」

それは秀尚も会ったことがある稲荷だった。

例の、陽炎の不用意な発言から開催することになったあわいの地での祭りに来てくれた、上半分の狐面をつけた金髪に黒装束の七尾の稲荷だ。

その稲荷に向かって、さっきの派手な伝書鳩もどきの鳥が飛んでいくと、そのままふっと姿を消した。

どうやら彼が術で作り出した鳥のようだ。

そう考えれば派手な鳥だったのもなんとなく分かる気がした。それと同時に、

——ていうか、なんで、薔薇？

派手すぎる登場に秀尚と子供たちはあっけにとられ、出てきた稲荷を茫然《ぼうぜん》と見る。その中、冬雪は自分の服についた花弁を手に取ると、

「あれ？　暁闇《あけやみ》殿、薔薇の種類、変えた？　前はもっと黒っぽい赤だったよね？」

呑気《のんき》に聞いた。

「さすが冬雪殿、気づいたか。ずっと同じでは、芸がないからな。これはイングリッド・バーグマンだ」

「名女優の名を冠するにふさわしい薔薇だね」

そんなやりとりをしながら暁闇と呼ばれた稲荷が歩み寄ってこようとした時、

「まって！　ふまないで！」

「あつめて！　ぽぷりつくるの！」

十重と二十重が叫んで、その言葉に他の子供たちが一斉にしゃがんで花弁を拾い始める。

その様子に暁闇はふっと笑うと着物のような合わせになっている胸元から四方にレースのついた大判のハンカチを取り出した。

暁闇が手のひらの上に軽く広げたそれに息を吹きかけると、ハンカチはピンっと張って板状になった。そのハンカチの上に、もう片方の手ですくい上げるようにして風を巻き上げると、花弁すべてが集まった。

そして、花弁を包んで十重と二十重の許に歩み寄ると、

「はい、お嬢さんたち、どうぞ」

そう言って二人に渡す。

仮面をしていてもはっきりと感じ取れるイケメンオーラに、十重と二十重は幼《おさな》い乙女心を

キュンキュンさせつつ、

「「ありがとうございます」」

お礼を言ってハンカチごと花弁を受け取った。

「お礼の言える、いいお嬢さんたちだ」

褒《ほ》められた十重と二十重は、まだ胸をキュンキュンさせながら、はにかむようにして笑う。

それに微笑ましい、といった様子で笑みを浮かべた暁闇の前に、豊峯《とよみね》が進み出た。

「このまえ、ぼくのおうた、かえしてもらうのてつだってくれて、ありがとうございました」

そうお礼を言ってぺこりと頭を下げる。

豊峯は祭りの前、夢の中で出会った狸《たぬき》の子供と、自分の歌声と、狸の小鼓《こつづみ》を交換したものの、すっかり夢のことを忘れ、歌が歌えないままになってしまっていた。

それを解決してくれたのは、暁闇だ。

「ああ、あの時の。大したことじゃない」

暁闇は言うと豊峯の頭を軽く撫でた。

頭を撫でられた豊峯は、えへへーと嬉しげに笑い、その様子に暁闇は口元に薄く笑みを浮かべる。その暁闇に、

「それで？　急に来た用件は一体なんだ？」

陽炎は単刀直入《たんとうちょくにゅう》に聞いたが、いつもの陽炎とはやや様子が違っていた。

というか、あからさまに「用をすませてさっさと帰ってほしい」というオーラが出ていた。

それはどんなことでも面白がる陽炎にしては珍しい様子で、秀尚が意外だなと思っていると、暁闇は顔を陽炎へと向けて言った。

「立ち話ですむ用件なら、わざわざ来ない」

その言葉に陽炎は盛大にため息をついた。

「暁闇殿の持ち込む長話は正直ろくでもない予感しかしないんだがな」

その言い草に、これまで陽炎の持ち込む話に巻き込まれてきた秀尚は、

――陽炎さんが言っちゃうんだ、そういうこと……。

ちょっと呆れつつ、思う。

そんな秀尚に、

「加ノ原くん、悪いけど、お店のテーブル借りてもいいかな」

冬雪が聞き、秀尚は頷いた。

「かまいませんよ。どうぞ」

秀尚は言って、先に裏口から中に戻った。その後を子供たちがついてきて、続いて陽炎、冬雪、そして暁闇が中に入る。

そのまま大人たちは店に向かい、丁度おやつ時だったこともあって秀尚は子供たちに今日

のおやつ――昨日、居酒屋の時間にやってきた常連の時雨《しぐれ》という稲荷が差し入れてくれたワッフルだ――を子供たちに持たせ、二階の部屋に戻らせる。

「じゃあ、俺も子供たちと二階にいるんでゆっくり話しててください」

店に少し顔を出して二階にいる旨《むね》を告げた秀尚に、

「いや、君にも聞いてもらいたい話だ」

暁闇はそう言った。

「は？」

思ってもみなかった言葉に、秀尚は戸惑《とまど》いしか覚えなかった。そしてその次の瞬間に感じたのは、

――あ、確実に面倒くさいことになるパターンじゃん……。

だったのだが、そんな秀尚に、

「子供たちの世話を見ているんだろう？」

暁闇はそう聞いてきた。いや、聞いたというよりも確認だ。

「……そうです、けど」

彼がここに来た理由は陽炎と冬雪に会うためだと思っていたのだが、今の口ぶりからすると、子供たちにも関係したことのようだ。

――えー……、なんか思った以上に大事《おおごと》な感じ？

秀尚がそう思っていると、すぐに後から来ると思っていた秀尚が来ないので心配になったのか、先に二階に戻っていた浅葱《あさぎ》と萌黄が様子を見に、階段を途中まで下りてきた。

「かのさん、どうかしたの？」

「ごようじあるなら、おてつだいします」

二人とも少し心配そうに言う。そんな二人に秀尚は笑いかけた。

「えっと、ちょっと俺、陽炎さんたちとお話あるから……」

そう声をかけてから、視線を暁闇へと向ける。

「子供たちにお茶の準備したら下りてきます、ちょっと待っててください」

暁闇が頷いてから、秀尚は浅葱と萌黄と一緒に二階の部屋に向かった。そして子供たちの飲み物を準備し——夏はペットボトルの麦茶を勝手に飲めるように置き、冬場も適温のお茶を入れたポットを置いておく——、子供たちが退屈しないように、彼らの好きなアニメの『魔法少年モンスーン』の録画を流して秀尚は階下に戻った。

「お待たせしました」

店に入り、彼らが座っているテーブル席の一角に秀尚も腰を下ろす。

一体秀尚にも関係のある話というのは何なのか身構えていると、

「単刀直入に言うが、子供を一人、ここで預かってもらいたい」

暁闇はそんな、にわかには受け入れがたいことを言ってきた。

「え？　子供？」

「暁闇殿の隠し子か？」

戸惑う秀尚とは対照的に、陽炎は即座に突っ込んだ。

「まあ、暁闇殿なら考えられなくもない話だけど……」

冬雪は陽炎の説に半分納得するような様子で言う。そんな二人の様子にまったく動じる様子もなく、

「もしかしたら、そんな存在の一人や二人はいるかもしれないが、仮にそうだとしても教えるつもりはない」

暁闇はさらりと返し、

秀尚を見た。

「あの子供たちの相手をしているなら、たやすいだろう」

「たやすい、たやすくないの話じゃない」

そう言ったのは陽炎だった。

「子供たちの世話を見ていると言っても、店が休みの日だけだ。加ノ原殿は普段、一人でこの店を切り盛りしていて、そんな暇はない」

はっきりと否《いな》を告げてくれる。

正直、お稲荷様相手に断るのは気が引けるというか、陽炎たちのように付き合いが長く

なってくれれば、それなりに断れるようにもなっているが、まだ初対面に近い彼には言いづらかったので助かった。

とはいえ、多少態度が偉《えら》そうで、頼んでいるふうには見えないのは気になるが、相手は「お稲荷様」だから多少は仕方がないだろうし、無下に断るのもどうかと思って、

「……期間とか、子供の年齢にもよるっていうか……、一日くらいなら、なんとか」

一応は話を聞いてみることにした。だが、暁闇から返ってきたのは、

「どの程度の期間になるかははっきりとしない。俺の任務が終わるまでだ。一週間ですむか、三月《みつき》かかるか、半年になるか……」

という、とんでもないアバウトなスパンだった。

「さすがに、それは無理です。さっき陽炎さんも言いましたけど、俺、この店を一人でやってるんで、子供の世話を見ながらそれは……」

もちろん、以前、陽炎たちを使役する立場である宇迦之御魂神《うかのみたまのかみ》——通称うーたん——が、本宮《ほんぐう》から脱走してきた時、まだ幼い彼女を長期間預かって世話をしていたが、その時は秀尚のホテル時代の同僚の八木原《やぎはら》が店を手伝ってくれていたのでなんとかなった。

だが、今は一人なので、絶対にとは言わないが、かなり難しい話だ。

「そうだよ、加ノ原くんの負担が大きすぎる」

冬雪が言い、陽炎も頷いた。

「暁闇殿の血縁に当たる子供だと仮定するなら、あわいの『萌芽の館』に預ける手もあるだろう。あそこなら、子供たちもいるし、本宮の養育所でも……」

「人界でなければ都合が悪い」

陽炎の提案を暁闇はばっさりと切って捨てたが、かといって秀尚も受け入れるわけにはいかない。

「そう言われても、俺も無理です」

はっきりと断った。

そのまま平行線になるか、それとも諦めるかと思ったのだが、

「――即刻処分の餓鬼《がき》を、処分に回さずにおいたそうだな」

暁闇は、以前に起きた事件を持ち出した。

以前、あわいの地に餓鬼という害鬼が出たことがあった。その餓鬼に、あわいで子供たちの世話を見ている薄緋《うすあけ》という稲荷と仔狐の寿々が捕まり、薄緋は子供の姿に、そして寿々は仔狐から赤ちゃん狐に戻ってしまうという事態が起きた。

その時の餓鬼――結《ゆい》と名付けた――は捕らえられたのだが、処分されると聞いた秀尚は、自分があわいの地にいる間だけでも処分を待ってほしいと頼み込んだ。

そして、あわいにいる間に食事をいろいろと与え、最終的に脱・餓鬼を果たし、成仏――したのだが、時々、店に遊びに来る――という結果になった。

「処分に回すまでもなく、成仏したからだ」

陽炎は問題ない、といった様子で返したが、

「害鬼類は即処分が掟《おきて》だ。最終的に成仏したといっても、それはただの結果論。害鬼の処分を延ばしたこと自体が問題だと言っている」

暁闇は言い、そのまま続けた。

「……今は関わった本宮の者が握り潰す気でいるようだが、俎上《そじょう》に載ればそうもいかないだろうな」

やや持って回った言い方に、よからぬことを言っていることが分かったが、秀尚はいまいち、ピンときていなかった。だが、陽炎と冬雪は眉根を寄せた。

「加ノ原殿が頼みを蹴《け》れば、おまえが俎上に載せるつもりってことか」

陽炎が言うのに、暁闇は、

「祭りの時にも、手を貸してやっている。その上、本来ならきちんと議題として扱うべき問題も、見て見ぬふりをしてやると言ってるんだ。俺の頼みを一つ聞くくらい、安いものなんじゃないか？」

腕を組み、余裕を匂《にお》わせた様子で返してきた。

おそらく断れない、と踏《ふ》んでのことだろう。実際、陽炎と冬雪はすぐに返す言葉が見つからず、旗色が悪そうなのは秀尚にも分かった。

「確かに、豊峯の件では世話になりました。それはありがたいと思ってます」

秀尚はそう返した後、

「でも、安くつくか高くつくかは、預かれって言ってる子供の性格や年齢によるっていうか……我儘《わがまま》放題のイヤイヤ期の子供っていうなら断固《だんこ》お断りですし、三時間授乳レベルの赤子っていうなら、それ放り出そうとしてるって時点で虐待だって訴《うった》えて、うちに連れてきても施設に即連絡しますけど？」

と続けた。

その秀尚の言葉に、なぜか暁闇は笑い出した。

「……ふ、ふふ…、なるほど、おまえたちが気に入ってこの店に通いつめているわけだな。なかなか骨のある店主だ」

陽炎と冬雪を見て言った後、視線を秀尚へと戻し、

「預かってほしい子供は、まあ人でいうところの七、八歳。身の回りのことはすべて自分でできるから、君の手を煩《わずら》わせることはほとんどない。食事の必要もないから、ここに置いてくれればそれでいい」

問題となる子供の説明をした。

「食事の必要がないってことは…人間じゃないってことですよね？」

確認するように聞いた秀尚に、暁闇は頷き、

「まあ、そういうことだ。詳しいことはこれ以上話すつもりはない」

そのまま話を終わらせる。

それに秀尚は腕を組み、どうするか考える様子を見せた。その姿に、

「加ノ原くん、いいんだよ、無理をしなくて」

冬雪が言い、陽炎も、

「そうだぞ。仮に結の件が本宮で議題に上がるなら、上がればいい。こちらとしても間違ったことをしたつもりはないと堂々と言える」

はっきりと言いきった。

秀尚は二人の言葉に頷いたが、暁闇の言動に違和感というか、ふと思うことがあった。

「……俺も、結ちゃんの件に関しては結果論だって言われたらそれまでだけど、間違ったことをしたとは思ってないです。でも、そのことを持ち出してまで子供を預かれって脅してくるってことは、言い変えたら、それだけ切羽詰《せっぱつ》まってるってことですよね？」

神使である彼らは秀尚から見れば神様に近いと言っていい存在だ。秀尚の持たない力もあるし、物事の解決法も他にいろいろあるはずだ。

それなのに、一介《いっかい》の人間でしかない自分を脅すという、彼らが普段行なわないだろうことをしてまで頼んでくるとなると、尋常じゃない。

「詳しく話せない」ということも併せて考えると、態度は余裕綽綽《よゆうしゃくしゃく》といった様子だが、実

際には余裕がないのかもしれないと推測《すいそく》できた。

そして、秀尚の言葉はそう的外れというわけではないらしく、暁闇はただ笑っただけで何も言わなかったが、見抜かれた、と思っているのがどこか感じられた。

「……手を煩わせないってことは、ある程度しつけもできてる子みたいだし、耳とか尻尾がもしあるんだとしたら、それを隠してもらえるっていうなら、預かってもいいですよ」

秀尚が言うのに、陽炎と冬雪は腰を浮かせた。

「加ノ原殿！」

「加ノ原くん！」

不用意に何を、といった様子の二人を尻目に、

「ならば、契約成立だ。明日、連れてくる」

暁闇はそう言うと立ち上がり、そのまま、ふっと姿を消した。

どうやら、帰ったようだ。

「あああああ……」

「加ノ原くん、どうして、あんなこと。断ればよかったのに」

契約の成立に陽炎は頭を抱え、秀尚を案《あん》じるように冬雪は声をかけた。

「断ろうと思えば断れるなーとは思ったんですけど、困ってるっぽかったし……」

「優しいのはおまえさんの美徳の一つだが、時に人がよすぎることがあるぞ」

心配して陽炎も言ってきたが、

「うわー、無茶ぶりが基本の陽炎さんにそれ言われると思わなかった」

秀尚は茶化して返した後、

「しつけもできてて、ご飯の準備もしなくてよくて、本当に預かるだけでいいっぽいし、人間じゃないなら、子供たちが来てる時は子供たちと一緒にしとけばいいし。まあ、何とかなると思うんですよね」

実際に預かったら、いろいろと想定していなかったことが起こる可能性は充分にあるが、それでも預かると言ってしまったのだし、豊峯の件で暁闇に世話になったのは事実だ。

暁闇がいなければ、もしかしたらまだ豊峯は歌うことができないままだったかもしれない。

もちろん豊峯は秀尚の子供ではなく、秀尚には暁闇に「恩返し」をしなくてもいい立場だ。

だが、関わりのある子供の窮地《きゅうち》を救ってくれた相手が困って頼みごとをしてきた時に知らん顔を通すのは、秀尚の道義に反する——とまでは言わないが、居心地が悪い。

「まあ、何とかなりますよ、多分」

秀尚は軽く返し、子供たちの様子見てきますね、と言い残して二階に向かった。

二

さて、翌朝。

いつもどおり、開店に向けて、秀尚が厨房で調理にいそしんでいると裏庭と通じる戸が開く音がした。その音に秀尚が視線を向けると、そこには昨日と同じく上半分の狐面をつけた暁闇が立っていた。

どうやらギャラリーがいなくても赤い薔薇を振りまいて出てきたらしく、花弁が肩に落ちていた。

――花びら、オプションじゃなくて標準装備なのかな……。

一瞬どうでもいいことを秀尚は考えたが、一瞬だったのは、

「暁闇っ！　テメエ離せよ！　俺をこんなとこに連れてきて、一体どうしようっていうんだよ！」

暁闇に着ている服――普通の人間の子供が着ているのと変わらない長袖でフードつきの、いささか派手なトレーナーにジーンズという姿だった――の首根っこをしっかり掴《つか》まれ、盛大に悪態をついている七、八歳の、長い髪を後ろで一つに結わえた子供がいたからだ。

「えーっと、おはようございます。昨日、おっしゃってたお子さんですか？」

とりあえず突っ込むのをやめ、挨拶《あいさつ》をして問うと、暁闇は頷いた。

「ああ。名は、宵星《よいぼし》という」

言いながら、子供を引きずるようにして、秀尚のいる厨房の中へと入ってきた。

「離せ！　術を解けよ、暁闇っ！」

宵星という名前らしい子供は暁闇を睨みつけ、相変わらず叫んでいるが、特に縛られてもいないのに暴れるそぶりは見せない。

彼の言葉から察するに、どうやら暴れないように暁闇が術をかけているようだ。

「宵星、昨日も説明しただろう。おまえを本宮に置いていくわけにはいかない」

暁闇が言うが、宵星は納得していないらしい。

「なんでだよ！　おまえの部屋に籠《こも》ってりゃすむ話だろ！」

そう反論する宵星だが、

「おまえが今の自分の状況に満足していて、誰に会い、なんと言われようともかまわないと言うのなら、俺はそれでもいい」

暁闇がそう言うと、宵星は言葉に詰まった様子で押し黙《だま》った。

それを見て暁闇は秀尚に視線を向けると、

「そういうわけだから、あとは頼む」

という言葉を残し、昨日と同じように、唐突にふっと姿を消した。

それと同時に宵星はかけられた術が解けて動けるようになったのか、

「暁闇っ！」

暁闇が消えた空間に手を伸ばしたが、その手は空《くう》を切っただけだ。

——えー……、説得しきれてないまま連れてくると思ってなかったなぁ……。

まさかの事態に秀尚は内心でため息をつく。

納得ずみの子供を預かると勝手に思っていたのだ。

とはいえ、暁闇が消えてしまった今、どうすることもできない。もちろん、陽炎たちに相談することはできるが、まだそこまでするほどの何かが起きたわけではないので、とりあえず様子を見るしかないだろう。

「えーっと、宵星くん。はじめまして、俺は加ノ原秀尚です。これからしばらく、うちで一緒にいることになるけど、よろしく」

まずは自己紹介だろうと段取りを踏んでみたが、宵星は口を開かず秀尚をただ睨みつけてきた。

威圧《いあつ》してくる感じは子供のものとは思えなかったが、

——ちっちゃくてもイケメンって迫力あるなぁ。

秀尚は呑気に思い、特に機嫌を取ることもせず、

「俺、今から店を開けないといけないから、二階の部屋で過ごしてもらうことになるんだけ

ど、それでいい？　っていうか、それしか選択肢ないんだけど」

状況説明をした。

それにも宵星はうんともすんとも言わず、秀尚をまだ睨みつけていたが、反論をしないところを見るとこっちの言い分を理解はしたのだろうと勝手に解釈することにした。

「とりあえず、案内するから、ついてきて」

秀尚はコンロの火を止め、階段に向かった。途中で一度振り返ると、少し距離を置き、渋々《しぶしぶ》という様子ながら宵星が階段を上り始めたところだったので、

「気をつけて上ってきて」

とだけ声をかけて秀尚は階段を上り、上で宵星が来るのを待った。

そして二階の案内をする。

「えーっと、とりあえずトイレがここ。この廊下の突き当たりがお風呂と洗面」

必要になるだろう場所をまず案内して、それから自室へと招く。

「メインで過ごしてもらうのはここになると思う。他にも部屋はあるんだけど、家具らしい家具は置いてなくて、過ごしやすいのはここだと思うから」

二階の居住スペースには、秀尚が普段使っているこの部屋の他に、かつての店主が家族で住んでいた時、姉弟が間仕切りでそれぞれの自室として使っていた部屋がある。

今は間仕切りが取り払われて一間になっているが、物置程度にしか使っていない。

「適当に本でも見て過ごしてて。俺、店の準備あるから下りるね」

宵星にそう声をかけたが、ムスッとした顔のままで返事はなかった。

納得できないままここに連れてこられたことから考えると、もう少しついていて様子を見たほうがいいのかもしれないが、開店時間が迫《せま》っている。

——癇癪《かんしゃく》で多少部屋を荒らされる程度の覚悟はしとくかなー……。

そんなことを思いながら秀尚は部屋を出て、厨房でランチの準備を進めた。

この日も店はいい感じの繁盛《はんじょう》具合を見せ、宵星のことが気にはなったが、なかなか様子を見に行くことができなかった。

ようやく時間ができたのは、ランチタイムの客が引けた頃合いだ。

最後の注文の料理を出し終え、他の客もすぐに帰りそうな気配はないので秀尚は二階に戻った。

「入るよー」

一応声をかけて、部屋の戸を開ける。

すると宵星は布団を外したこたつテーブルの前で大人しくしているというか、膝《ひざ》を抱えて座っていた。

——ドタバタしてる気配はなかったけど、まさか、ずっと？

暴れたりしていないのはなんとなく分かっていたが、この体勢のままでじっとしていたのかもしれないと思うと、宵星のショックさが伝わってくる気がした。

もっとも声をかけた時にこの体勢を取ったのかもしれないが。

「えーっと、暁闇さんからご飯の必要はないって聞いてるけど、ホントに食べなくても大丈夫？」

念のために聞いてみるが、

「いらねぇ」

返ってきたのは吐き捨てるような口調での一言だった。

「あー、やっぱ大丈夫なんだ。じゃあ、他に欲しいものとかは？」

とはいえ子供相手だ。念のため他のものが必要ないか聞いてみたのだが、

「俺にかまうな！」

秀尚を睨みつけ、キレてきた。

——うわー、荒ぶってんなぁ……。

呑気にそう思うのは、父親（仮定）に納得できないまま見知らぬ他人の許に置いてけぼりにされた子供の心情を考えれば、傷ついていて当然だし、父親と結託しているに違いない秀尚に対しても牙を剥《む》くのは無理もないと思えるからだ。

「分かった。じゃあ、何かあったら教えて。下にいるから」

秀尚はそれだけ言って、店に戻った。

そのまま秀尚は閉店まで店にいた。いつものことだが、店は客が途切れる時間というのがほとんどない。

辺鄙《へんぴ》な場所にあるにもかかわらず、陽炎たちとの「供物《くもつ》として料理を提供する代わりに、いい感じに店を繁盛させる」という契約のおかげもあって、充分な集客がある。

こうして閉店時間を迎え、最後の客を送り出した秀尚は「営業中」の立て看板と暖簾《のれん》をしまい、店の扉の鍵を閉めた。

――一応、様子見に行くか……。

結局宵星はあの後、部屋から下りてくることはなかった。

二階の部屋をうろうろするくらいはしていたかもしれないが、下にいたので分からない。

「入るよ」

昼と同じように声をかけて中に入ると、宵星は相変わらず同じ場所で膝を抱えて座ったままだった。

「今から夕ご飯作るけど」

言った秀尚に、宵星は、

「いらねぇ」

と即座に返してきて、

「分かった。俺、そのまま明日の仕込みとかあるから下にいるね」

言外《げんがい》に何かあったらそこにいるからおいでと告げて、秀尚は階下に下りた。

そして自分の夕食を作って食べ、そのまま明日の仕込みと、今夜もやってくる大人稲荷たちの居酒屋料理を準備し始める。

「さて、明日のランチがトンカツとサバ味噌《みそ》だから……、みんなには一口トンカツ揚げて、サバ味噌は小さめのを作っとくか……」

居酒屋で出すメニューは、大体翌日のランチメニューで使う食材を少しアレンジしたり、あわいの地にある「萌芽の館」の仔狐たちに送る食事を少し多めに作っておいたものを出すことが多い。

あとは市場でおまけをしてもらったものの、数が足りなかったり初めて扱うものだったりで、店に出せない食材で作ったものや試作品、それ以外は簡単な炒め物などの定番メニューだ。

秀尚が料理を作っていると、店のほうから誰かがやってくる気配があり、間もなく厨房に冬雪が姿を見せた。

「少し早いけど、いいかな」

「どうぞ」

秀尚が料理をしながら返すと、冬雪は慣れた様子で厨房の中に入ってきて、配膳台の周りに常連稲荷の人数分の丸イスを並べた。

そして、飲み物の準備をして、定位置に腰を下ろす。

「今日の付き出しは豆苗《とうみょう》かな?」

「そうです。おひたしにしてあります」

子供たちの夕食メニューにも添えたものだ。さっと茹《ゆ》でた豆苗を適度な長さに切って、塩とゴマ油で軽く和えてちりめんじゃこを散らしてある。

一品目は常連稲荷の人数分、こうした小鉢《こばち》を準備しておくのが定着したスタイルになっている。

冬雪はいただきます、ときちんと手を合わせて言ってから豆苗を口にした。

「うん、これ、おいしいね」

「よかったです」

「ゴマ油の風味が効いてるけど、しつこくなくて、塩加減も丁度いい。これだと、最初から日本酒でもよかったかな」

定番の「とりあえずビール」でビールを開けた冬雪は、悩ましいといった様子を見せながら言う。

「すぐに誰か来るだろうから、『ビール準備しといたよ』とかなんとか言って回します?」

秀尚が笑って言うが、

「ああ、その手があるね。でもあっという間に飲み終わっちゃうから次、日本酒にするよ」

冬雪はそう返し、本当にあっという間にビールを空けると、日本酒の準備を始めた。

彼らの飲む酒類や割り材をはじめとした飲み物はみんな持ち込みだ。

秀尚はあくまでも「料理だけを提供する」というのがルールなのだ。

「そういえば、暁闇殿、来たのかい？」

日本酒の準備を終え、再び腰を下ろした冬雪が聞いた。

「はい。開店前に男の子を連れて」

「男の子だったんだね」

秀尚の返事に冬雪はどこか残念そうに言う。

無理もない。

稲荷の大半が男性で、女性はごく少数らしいのだ。そのため、男子稲荷の大半は独身を余儀《よぎ》なくされている。

冬雪も見目麗《みめうるわ》しく人当たりのいい、人の世界であればモテることこの上ない優良物件だというのに独身だ。

ゆえに、幼くとも「女子」となれば、多少先になっても希望はある、といったところなのだろう。

「どんな子だったのかな」

男の子だったことは残念らしいが「暁闇が連れてきた子供」にはかなり興味があるらしく、

続けて聞いてきた。

「見た目は普通の男の子って感じです。七、八歳で、耳とか尻尾はないですね。まあ、連れてくるなら消してくれって言っておいたから、消してくれてるのかもしれませんけど。ただ、年齢以上にしっかりして見えます」

「そうなんだ。暁闇殿と似てる？」

冬雪の問いに秀尚は首を傾げた。

「うーん……？　暁闇さんの顔がそもそも分かんないですから」

何しろお面で、見えるのは口元だけだ。それで似ているかどうかと問われても判断がつかない。

「ああ、それもそうだね」

「冬雪さんは暁闇さんの顔知ってるんですか？」

似ているかどうか聞いたということは、冬雪は暁闇の素顔を知っているのかもしれないと思って聞いたが、冬雪は頭を横に振った。

「いや、見たことないね」

「ってことは、いつもお面を？」

「少なくとも、僕が会う時はいつもそうだね」

あわいで祭りをした時は狐面を被《かぶ》った稲荷も何人かいたが、あれはみんな「祭り」という雰囲気に合わせてのものだった。

だが、暁闇の面はそういう意味合いのものとは違うらしい。

そのことを問おうとした時、

「ただいまー」

「味噌のいい匂いしてるけど、何？」

店から二人の稲荷が厨房へと入ってきた。

常連稲荷の五尾の時雨と四尾の濱旭《はまあさひ》だ。

二人は人界で人と同じ生活をして、人の世の変遷《へんせん》を探るという任務を負っていて、サラリーマンとして普通に働いている。

「サバの味噌煮込みです。まだ煮込み中なんで、あとで出しますね」

「サバ味噌！　うわー、ご飯絶対進むやつじゃん、楽しみ！」

シメの炭水化物以外にもご飯を食べることの多い濱旭が嬉しげに言いながら、定位置に座す。

「二人とも、今日はお揃いで来たね」

冬雪が問うのに、

「まあ、同伴出勤ってやつかしら？」

時雨が濱旭の分の飲み物も準備しながら、笑って言う。

口調と妖艶な容姿から女性と間違われそうな時雨だが、彼も男だ。人界に下りた当初は普通に男口調だったらしいが、秀尚が会った時には、もう今の口調だった。

「白妙《しろたえ》殿に頼まれたモンスーンの地方限定グッズ渡しに本宮へ戻ったら、ちょうど時雨殿も本宮に戻ってて、それで一緒に」

濱旭が説明する。うーたんの侍女《じじょ》である白妙は、うーたんの大好きな人界のアニメグッズの代理購入を、地方出張の多い濱旭に頼んでいるのだ。

「時雨殿が本宮にって珍しいね。何か用が？」

「報告書の提出ついでに、同期とちょっとお茶しながら、近況報告って感じね。なんか、結婚を考えてる相手がいるらしいの」

時雨の言葉に濱旭と冬雪が目を見開く。

「結婚って、相手は？」

「別宮《べつみや》の子かい？」

なぜだか稲荷に女子が少なく、その少ない女子はエリートと称される七尾以上が確定で、彼女たちは七尾以上の稲荷が働く別宮に勤めていることが多い。

その貴重な独身女子稲荷がまた消えるのかと、二人は戦々恐々《せんせんきょうきょう》とした様子だ。

「ううん、一般の狐のお嬢さん。一般ってわけでもないわね、人化はできないけど、普通でもないってレベル」

時雨の説明に二人はどこか安堵した様子を見せる。

「写真、見せてもらったけど、綺麗な栗色の毛並みがつやっつやの可愛いお嬢さんだったわよ。性格も穏やかだけど芯《しん》が強くてって、もうベタ惚《ぼ》れって感じだったわ」

微笑ましそうに時雨は言う。

彼ら稲荷は人の姿を取ることもあるが、基本は狐だ。

それゆえ、相手が普通の狐でも相性が合えば問題ないらしい。

「毛並みは大事だよね」

真剣な顔をして腕を組み、冬雪は頷く。

本気なのか渾身《こんしん》のボケか判断はつかなかったが、

「ふわふわが好きか、ベルベットみたいな滑《なめ》らかさが好きか、好みが分かれるところよね」

同じく真剣な顔をした時雨と、それに頷く濱旭の様子から、どうやら本気らしいことが分かった。時々、彼らの基準が分からなくなる秀尚だが、正直そこを突っ込み始めるとキリがないので、

「秋野菜の揚《あ》げびたしと、キノコとごぼうとベーコンの炒めものです」

できト上がった料理を配膳台の上にどん、と置いた。

「揚げびたし、好きだわぁ」

「うわ、ベーコン分厚い！　贅沢！」

時雨と濱旭が即座に反応して、取り分け始める。

取り分けながら、

「秀《ひで》ちゃん、もう暁闇殿の子供って来たの？」

時雨が聞いた。

昨日の居酒屋で話題に上がったので、常連稲荷たちも経緯は知っていた。

「ああ、さっきその話をしてたところだよ」

冬雪が言い、秀尚から聞いた情報を伝える。

二人とも男の子だと聞くと、やはり多少がっかりした様子を見せ、お約束だなぁと秀尚は思う。そして冬雪の説明が終わるのを見計らったように、同じシフトであわいの地の警備に当たっていた陽炎と六尾の景仙《けいぜん》がやってきて、

「暁闇殿の子供は来たのか？」

顔を見せるなり陽炎が言い、冬雪と秀尚は苦笑する。

「今、アタシたちも聞いたトコよ。七、八歳の男の子だって」

時雨が情報を簡潔に纏《まと》めて伝えると、陽炎と景仙は男の子だと聞いても特に落胆《らくたん》した様子は見せなかった。

景仙は妻帯者ゆえの余裕なのだろうが、陽炎の場合は、

「暁闇殿の様子からすると、長逗留《ながとうりゅう》になるだろう。どうせ会うことになるんだ、会っておく

か」

と、暁闇が連れてきた子供への純粋な好奇心のほうが強くて、性別は二の次になったようだ。今にも階段を上っていきそうな陽炎に、

「陽炎さん、今はちょっと」

秀尚は声をかける。

「どうかしたのか？」

「なんか、無理矢理連れてこられちゃったみたいで……本人、全然納得してないんですよ。だから、落ち着くまでは一人にしておいてあげたほうがいいと思うんです」

秀尚の言葉に、常連稲荷たちは「あらら」といった様子を見せた。

「じゃあ、怒って暴れたりしちゃった感じかしら？」

心配そうに時雨が問う。

「いえ、それはないです。ただ、膝を抱えて座ったまんまじっとしてて……。一応、ご飯時には様子見ついでに声をかけたんですけど、いらない、ほっとけってって感じだったんで。暁闇さんから食事の必要はないって聞いてるし、とりあえず今はそっとしといたほうがいい気がして、距離取ってます」

秀尚の説明に陽炎は一つ息を吐くと、

「ヘタにつついてこれ以上へそを曲げられてもってとこだな。まあ、世話をするおまえさん

の指示に従うか」

陽炎はそう言うと階段をスルーして厨房の中へ、景仙と共に入ってくると、それぞれの指定席に腰を下ろす。

秀尚は常連稲荷が揃ったので、衣をつけておいた一口カツを揚げ始めた。

「しかし、暁闇殿は相変わらず忙しいね。この前も、本宮にいたのは結局祭りの夜だけで、翌日には次の任務だと話していたし」

冬雪が言うのに、陽炎が頷く。

「黒曜《こくよう》殿の許に配属されるのと別宮に配属されるのとなら、どっちがマシだろうな」

「別宮は激務といっても、身の危険が及ぶことはありませんから」

妻である香耀《かよう》が別宮に勤務している景仙が言う。

「身の危険って、危ない仕事してるんですか？　まあ陽炎さんたちだって、警備っていう危ない仕事についてるわけだけど」

揚げものをしながら、秀尚は問う。

「いやいや、俺たちとは危険度が違う」

頭を横に振りながら陽炎が言い、

「黒曜殿のチームは、そうだなぁ……たとえるなら『アメリカ軍特殊部隊』みたいな？」

濱旭がイメージとして分かりやすいたとえを口にする。

「えーっと、『ランボー』とか『コマンドー』とか、そういう感じですか？」

子供の頃に見た雰囲気が近そうな映画のタイトルを秀尚が挙げると、作品を見たことがあるらしい陽炎、時雨、濱旭の三人が頷いた。

「毎回あのレベルの危険度ってわけじゃないけど、マックスな危険度的にはそれくらいかしらね。あくまでもイメージで、だけど」

「お稲荷さんって、あんまり戦闘系のイメージないんですけど」

秀尚にとって稲荷といえば商売繁盛《しょうばいはんじょう》、五穀豊穣《ごこくほうじょう》を請《う》け負《お》う存在で、戦う感じはあまりない。

「黒曜殿配下は特別なのよ」

時雨が言うのに、

「黒曜さんっていうのが責任者なんですか？」

何度か出てきている名前のことを聞いた。

「そう、漆黒の九尾でいらっしゃる。別宮の長《おさ》を務める金毛九尾《きんもうきゅうび》の玉響《たまゆら》殿と並んで、本宮の長の白狐《びゃっこ》様の両腕と言っていいだろう」

陽炎が説明した。

「別宮ってところもすごいって聞くから、同じくらいすごいってことだけは分かった気がします。暁闇さんは、その黒曜さんって人の下で働いてるんですね？」

確認するように秀尚は問う。

「そうだ。まあ、あの部署は隠密《おんみつ》任務が多いって特性上、任務についてる稲荷の素性を知る奴は少ない。俺にしても、暁闇殿と知り合った時にはもう黒曜殿の配下だったからな」

「僕は陽炎殿を通して知り合ったしね」

陽炎に続いて冬雪も言う。

「チーム黒曜に入って名前を変える稲荷もいるっていうし、顔を隠す仮面つけてる稲荷も多いし……もしかしたら俺の同期にも一人か二人くらいはいるかもしれないけど、もしそうでも分かんないよねー」

「よっぽど仲がよければ配属されたことはおのずと分かるし、そうじゃない相手なら、人界に下る任務についてるって言われたら普段本宮にいないのはそういうことかーって感じだから、まさかチーム黒曜にいるなんて思わないものねぇ」

濱旭に続いて時雨も言う。どうやら「チーム黒曜」と通称がつけられているらしいのが二人の言葉で分かった。

「まあ、気が合って、これまでは都合が合えば一緒に酒を飲んで、馬鹿話に興《きょう》じてたんだが……まさか、脅してまで厄介事をねじ込んでくるとは思ってなかったな。多少、面倒なことは言うだろうと思ったが……」

陽炎が言うのに、冬雪も頷く。

「彼らしくないっていうか……、もちろん、こんなふうに言えるほどの親しい付き合いってわけじゃないんだけどね」

「危ない任務につくから、俺に預けてったのかなぁ……。でも今までだって任務はあっただろうし、その時は別の人に預けてたのかな」

今回だけたまたま、その都合がつかなくて、ということなのだろうか？　疑問は多いが、暁闇はいつ戻るか分からないし、宵星に聞いたところで答えてくれるか分からないし、そのあたりの事情まで知っているかも不明だ。

「本宮にある養育所にも、萌芽の館のほうにも預けたくないとおっしゃっていたというのも、まだ不思議というか」

景仙も少し首を傾げながら言う。

その言葉に秀尚は、朝、暁闇が来た時に宵星としていたやりとりをぼんやり思い出した。

「あー、なんか、今朝来た時、暁闇さんが本宮に置いとくわけにいかないって言ってて、宵星くんが、暁闇さんの部屋に籠ってればすむじゃんみたいに返したんですけど、誰かと会うのがアウトっぽいようなやりとりしてました」

「宵星っていう名前の子なの？」

秀尚の話の中に出てきた名前を聞いて、時雨が確認し、秀尚は頷く。

「暁《あかつき》と宵《よい》、対って感じの名前ね。やっぱり親子かしら」

時雨が言うのに、

「これまでの話と合わせると、隠し子ってセンが濃厚じゃないか？」

陽炎が返す。

「確かに、それなら本宮の養育所にも萌芽の館にも預けたくないって言ってたのが分かる気がするよね」

と冬雪が言えば、

「誰かと会うのがダメっていうのも、隠しておきたい存在だったら道理だよね」

濱旭も被せてくる。

「まあ、人界任務の稲荷の中には、人界で所帯持っちゃうってのもないわけじゃないし……結婚したことをわざわざ公表しない稲荷もいるものね」

時雨も可能性の高さを匂わせてくる。だが秀尚は、

「結婚報告ってしないもんなんですか？　本宮って俺たちで言うところの会社っぽい感じだと思ってたから、上司みたいな人に結婚報告とかするのかと思ってました」

純粋に疑問に思って問う。

「別に、報告義務があるわけではないんですよ。私の場合は、妻も稲荷として働いておりますのですぐに知られる話ですから報告しましたが、相手が時雨殿がおっしゃった場合のように人界の方で、こちらの世界と関わることがない場合や、いわゆる稲荷ではない狐と結婚し

た場合などは、隠す、というわけではありませんが、こちらと接点がなければ報告することもないと考える者も多いのです」

景仙が自分たちの場合と、それ以外の場合の状況を比較して言う。

「そうなんだ……、でも、子供ができたら『関わらない』ってことにはなんないですよね？　稲荷の血を引くってことだし……」

宵星が暁闇の子供と決まったわけではないが、その可能性があるなら隠しておいていい存在というわけにはならないだろう。

「それは、子供の素質によるな」

秀尚の疑問に答えたのは陽炎だ。

「素質？」

「ああ。俺たちみたいに変化《へんげ》する能力や、そこまでではないが能力を持った者が生まれてくる確率ってのは、相手が同じ稲荷でも百パーセントってわけじゃないんでね。まして相手が、さほど能力の高くない狐だったり、一般の狐の場合、一割を切る。種族の違う人との間だともっと低い」

陽炎はそこまで言って、

「暁闇殿が連れてきた子供は、人の姿をしてたんだったな？」

秀尚に確認する。

「ええ。耳と尻尾は、隠してあるのか、それともそもそもないのか分かりませんけど」

「人の姿に変化《へんげ》できる子供を成《な》したなら、報告義務が生じる。それをしたくないがゆえに隠そうとしてるのか、それとも人との間に生まれた子供を一時的に本宮にかくまっていたのか……」

「後者なら、人界のほうが都合がいいって言ったのも頷けるよね。人に、本宮の気は強すぎるから、長逗留させるなら相応の措置が必要になるし、そうなれば隠しきれないし」

陽炎の推測を受け、冬雪も自分の説を披露する。

「どちらにしろ、かなりのわけありってことですよね」

秀尚が言うと、全員が頷いた。

「納得できてないうちに連れてこられたみたいだって、さっき大将《たいしょう》言ってたじゃん？　もしかしたら、その子、自分の父親が稲荷だってことも知らされずにいた可能性も高くない？　それで、たとえばお母さんがいなくなっちゃったとかで、面倒見てくれる人がいなくなって、暁闇殿が背に腹は代えられなくて一旦本宮に保護したものの、任務があるし、子供はいろいろ自分の身の上が超展開すぎてパニックで納得どころじゃない、的な」

濱旭の説に、景仙も頷く。

「確かに、つじつまは合います」

「ってことは、人界の女性と結婚したか？」

そのまま、どんな相手だろうかだとか、奥さんはどうしたんだとか、常連稲荷たちが酒を飲みながら話すのを聞きながら秀尚はちらりと時計を見た。

時計の針は八時半を回ったところだった。

――九時になったら、一度様子を見に行こう。お布団敷《し》いてあげなきゃいけないし……、あの年齢だったら見てなくても一人でお風呂に入れるかなぁ……。

この後の段取りを考えつつ、皿の料理がなくなってきたのを見て、次は何にしようかと、いろいろと頭を回転させるのだった。

三

翌朝、秀尚はいつものとおり五時半に起きた。

宵星は健《すこ》やかな寝息を立ててまだ眠っていて、秀尚は起こさないようにそっと身支度を整える。

昨夜、布団を敷くために二階に戻ってきた時、宵星はまだ起きていた。

その時に風呂に入るなら、と風呂の使い方——追い炊きの仕方や、シャワーの温度調節の仕方など——を教えると、どうやら一人で入ったらしく、秀尚が居酒屋を終えて戻るとすでに寝ていたが、風呂場のタイルが濡れていた。

——危なくないか心配だったけど……。

もちろん、浴槽に張る湯の量は少なめにしておいたし、秀尚が懸念《けねん》していることを言うと、時雨が『何かあったらすぐ分かるように気配だけ探っておくわ』と言ってくれた。

以前子供たちを庭で遊ばせた時、陽炎が危なくないように『目』を残して監視するというようなことをしていたが、それと似たようなものなのだろう。

居酒屋が終わるまで、時雨は特に何も言わなかったので、入らなかったのかと思ったが、「何か危機的なことが起きた時だけ反応する」レベルだったのかもしれない。

——まあ、どっちにしても、一人で風呂に入れるレベルなら、とりあえず、暇潰しできる何かを用意してあげればいいかな……。

四六時中ついていなくてもいい程度には大人だと認識しつつ、秀尚は階下に下り、まず市場に出かけた。

今日のランチや萌芽の館に送る子供たちの食事のメインは昨夜のうちに仕込んでおいたが、副菜に足りないものがあったし、明日のメイン食材の仕入れもある。

それ以外にも「これは」と思ったものがあれば、「気まぐれランチ」として出すこともある。とはいえ、加ノ屋は小さな店なので必要なものを買っても、市場にいるのは一時間足らずだ。

市場から戻ってきて、朝食の準備をし、一応おにぎりを作って、お茶と一緒に二階の部屋に持っていった。

寝ているかもしれないと思って、声をかけずに襖を開けると、宵星は起きて、たたんだ布団の横で座っていた。

だが、起きたて、といった様子でややぼんやりとしていた。

「おはよう。昨夜、ちゃんと眠れたみたいでよかったよ」

秀尚は言い、持ってきたおにぎりとお茶の載ったトレイをこたつテーブルの上に置く。

「もしよかったら、食べて」

そう声をかけてみたが、

「……いらねぇ」

昨日と同じく——まだ寝起きを引きずっているのか、昨日ほどの威嚇する気配はないが——バッサリと返してきた。とはいえ、いらないと言うのは分かっていたので、

「だから、もしよかったら。食べないなら、そのままにしといて。俺の昼飯にスライドさせるだけだから」

秀尚もあっさり引き下がる。そして、

「今日も俺、店があるから一人で留守番っていうか、二階で過ごしてもらうことになるんだけど、暇じゃない？」

ここでの過ごし方について聞いてみた。

「別に」

「おもちゃとか絵本はそこのカラーボックスにあるし、あと、漫画とかも勝手に見てくれていい。テレビとか録画とか見るなら、これ、リモコン。使い方分かる？」

「……」

返事がないのは『分からない』と言いたくないからか、それとも単純に秀尚と口を聞きたくないからか分からなかったが、一通りの操作をして見せてからリモコンを定位置に戻した。

一度の説明でどこまで理解したか分からないので、

「操作とか分かんなくなったら、下にいるからいつでも来て」

それだけ言うと、秀尚は再び階下に下り、開店準備に入った。

そうなるともう後はずっと下で、二階へ様子を見に戻れたのは、昨日と同じくランチタイムの客が一旦引けて、残っている客に食事の提供を終えた二時過ぎだ。

「入るよ」

声をかけて部屋に入ると、昨日はずっと膝を抱えた体勢だった宵星だが、今日は普通に座って部屋に置いてあった漫画を読んでいた。

机に置いたおにぎりは手つかずだったが、お茶は飲んであったので、

「お茶のおかわり持ってくるね」

そう声をかけて、おにぎりを持って一旦厨房に戻った。

そして水筒にお茶を入れて再び二階に行き、

「足りなくなったら、下に取りに来て。あと、熱いからコップに入れる時は、気をつけて」

と、言ったついでに、

「あと漫画だけど、向こうの部屋にもいろいろあるよ」

この部屋にある分だけではすぐに読み終わってしまうかもしれないので、秀尚はもう一つの部屋に案内した。ここには秀尚が読み終わった本や長く続く漫画の前半などが置いてあるのだ。

「ここにあるのも好きに読んで。でも、読みっぱなしにしないで、読んだら元に戻しておいて」

秀尚が言うと、宵星は「ああ」とだけ返した。

「じゃあ、俺、まだ店あるから」

それだけ言って、秀尚は階下に戻った。

——相変わらずぶっきらぼうだし、心を開いてくれるって感じもないけど、暁闇さんが戻ってくるまではここにいるしかないってことだけは、理解っていうか、諦めて受け入れたのかな……。

宵星の様子から、秀尚はそんなことを思う。

子供なのに「諦める」しかないというのは切ない気もしたが、秀尚が何をしてやれるわけでもなく、ただ、過ごしやすいようにしてやるだけだな、と思った。

それからも、宵星の様子には大した変化はなかった。

お茶だけは飲むが、相変わらず食べないし、必要最低限の返事しかしない。

それでも、漫画を読み耽《ふけ》ったり、テレビを見たり、それなりに過ごしているらしいのはなんとなく分かった。

「坊主《ぼうず》の様子はどうだい？」

宵星が来て数日が過ぎた火曜の夜、今夜も夜の厨房は大人稲荷たちが集まって居酒屋タイムが始まっていた。

そして、ここ最近、全員が揃ってから必ず話題に上がるのが、宵星の様子だ。

「今日も変化なしです」

秀尚が返すと陽炎はため息をついた。

「ってことは、まだ会えんのか」

「そうですね、まだ無理だと思います」

『あの暁闇の息子（推定）』の顔を見てみたい、という好奇心と、純粋に心配する気持ちで大人稲荷たち――特に陽炎と子供好きの時雨は、強く会いたがったのだが、秀尚の判断で会いたがっているということも、宵星には伝えなかった。

自分を無理矢理ここに置いていった父親（仮定）と同じ稲荷と、そう簡単に顔を合わせたくないんじゃないかとも思えたし、秀尚自身がまだ宵星と打ち解けたと言えないこの状況下で、無駄な刺激を与えたらどうなるか分からなかったからだ。

「やっぱ、全然食べないの？」

濱旭が少し心配そうに聞く。

「お茶を飲むくらいです。……食べなくても平気ってことは、最初に聞いてたんで今は気にしないようにしてるんですけど」

最初の頃は「食べない」ということに馴染めなくて、落ち着けなかったし、心配だったが本当に大丈夫そうだ。最近ではそのことに秀尚も慣れて、「気にかかるけど、手はかからない」小さな同居人といった感覚になっていた。

「おまえさんの料理を一口食えば、多少変わると思うんだがな」

陽炎はそう言って、かぼちゃのバター醤油《じょうゆ》炒めを口にする。

「新しい味わいだが、うまいな」

「かぼちゃの甘さと、バター醤油の風味がぴったりだよね」

冬雪も頷きながら言う。

「子供たちも好きそうじゃない？」

時雨が言うのに、

「明日来るから、出してみようかな……」

秀尚はそう呟《つぶや》いてから、あることに気づいた。

「やっば……、宵星くんにみんなが来るって言ってなかった！　俺ちょっと言ってきます」

秀尚は慌てて二階に上ったが、時刻は夜の十時過ぎ。

普段の態度はどうあれ、宵星はすでにいい子でスヤスヤおやすみだった。

――あー……ヤバい。

仕方なく下りてきた秀尚に、

「どうされました？　ごねられましたか？」

少し悩んだような様子に見えたのか、景仙が心配そうに聞いた。

「あー、いえ。もう寝ちゃってたんで、伝えられなくて…どうしようかなって」

「どうしようかなって、朝、伝えるしかないいんじゃない？」

時雨がもっともなことを言う。

「そうなんですけど……心の準備的なものがいるかなって」

「大丈夫よ。その子だって、純粋な人間ってわけじゃないんだから、耳と尻尾のある子たちを見て動揺するってこともないと思うのよね」

宵星についての確かなことはほとんど分からないが、暁闇が稲荷だと知っていて、食べなくても平気だということから、耳と尻尾はないが純粋な人間ではないことだけは推測できる。

なので、時雨の言うとおり、子供たちと会わせても問題はないだろうし、今から『明日、こっちに来るのはナシにして』なんて子供たちに連絡するのも気が引ける。

それに、宵星がいつまでいるか分からないのに、ずっと子供たちが来るのを断るわけにもいかない。

「比較的年の近い連中がいたら、ちょっとは何か変わるかもしれんぞ」

陽炎が言うのに、

「だといいんですけど……」

秀尚はそれでも少し心配で、小さく息を吐きつつ、返す。

「何か変わって、会えるようになったら嬉しいんだけどなー。気になりすぎて仕方ないんだよねー」

好奇心を隠さずに言う濱旭に、

「七、八歳なら、まだ膝の上、オーケーよね」

真面目な顔で時雨が聞いてくるのに、秀尚は苦笑いしながら、

「交渉次第じゃないですか?」

と返すしかなかった。

◆◇◆

翌朝、秀尚はいつもの時刻に起き、眠っている宵星を起こさないように気をつけながら厨房に下りた。

今日は店は定休日なのだが、萌芽の館の子供たちに送る朝食を作らねばならないし、夕食の仕込みもできる範囲ですませておいたほうが、子供たちが来てから遊び相手に専念できる。

今日の朝食は焼き鮭をメインに、豆腐と麩《ふ》の味噌汁、インゲン豆とニンジンのゴマ和え、それからデザートに柿を一人半分ずつだ。

送り紐という、その紐で囲んだ中のものは、紐の本来の持ち主の許に届くという便利アイ

テムでそれらを送った後、秀尚も残ったもので朝食をすませ、夕食の仕込みに入る。

今日の夕食は豚の角煮にする予定だ。

これならそのまま居酒屋にも出せる。

「あとはたんぱく質をもうちょっと…厚揚げの煮物……は、昼から仕込めばいいか。ジャガイモはポタージュスープにして、野菜ものを何か……」

食材をいろいろ見ながらメニューを考えるのは好きな作業の一つだ。とはいえ、なんとなく気乗りがしなかったり、なにも思いつかない時もたまにある。

そんな時は無理せず、店で出しているメニューから適当に選んで作っていた。

こうして、時間がかかる料理の仕込みをしていると、突然二階から、わぁぁぁ！という子供たちのはしゃぐ声や足音と共に、

「おい、なんだよ、おまえら！」

焦ったような宵星の声が聞こえてきて、秀尚は、ハッとした。

――やっべ……！　言うの忘れてた！

秀尚はコンロの火を消し、慌てて二階に駆け上り、部屋の襖を開けた。

「宵星くん、ごめん……！」

と、謝る秀尚の第一声は、

「おにいちゃん、だれ？」

「おなまえなんていうんですか？」

「なんさい？」

茫然とする宵星を「かごめかごめ」状態で取り囲み、にこにこ笑顔でフレンドリーに質問攻めにしている子供たちの声にかき消された。

その中、秀尚が入ってきたことに気づいた宵星は、

「おい、ちょっとあんた！　こいつら、急に押し入れから出てきたぞ。ここ、どうなってんだよ！」

説明を求めるのと怒鳴《どな》るのとを一緒にした様子で聞いてきた。

その声の勢いに、子供たちが急に黙る。

宵星の様子から「何か悪いことをした」ように思ったらしく、センシティブ派の筆頭とも言える萌黄はすでに涙目で、

「ご……ごめんなさい…」

とりあえず謝った。

それに宵星は戸惑った顔になり、

「いや、別に、その……」

どうしていいか分からない様子で秀尚を再び見た。

「あー、ごめん、説明忘れてた。萌黄、泣かなくていいから。このお兄ちゃんは怒ったん

じゃなくて、驚いただけだからなー」

秀尚はそう言いながら萌黄に近づいて膝をつくと、頭を撫でる。

そして、宵星を見た。

「昨夜、説明しようと思ったんだけど寝てたからできなくて、起きてからって思ってたんだけど忘れちゃってて……」

宵星が起きた頃を見計らって部屋に戻り説明しようと、最初は思っていたのだが、料理を作り始めてすっかり忘れていたのだ。

「この子たちは、あわいって場所にある『萌芽の館』っていうところに住んでる、稲荷候補の仔狐のみんな」

「あわいの……」

宵星が呟いた。

「あ、『あわい』のこと知ってるんだ？」

「知ってるってほどじゃねぇ。話に聞いただけだ」

「まあでも、知ってるなら話は早いかな。週に一回か二回、うちの店が休みの時にみんな遊びに来てるんだ。だから、今日はみんなと仲良く、はもしかしたら難しいかもだけど、ケンカしたりしないでいてくれる？」

秀尚の言葉に宵星は眉根を寄せたが、

「……分かった」

ぶっきらぼうながら、そう返してきた。

その返事を聞いてから、

「みんな、このお兄ちゃんは、『宵星くん』っていうんだ」

子供たちに紹介する。

「よいぼし……」

「よいぼしおにいちゃん、でいいの？」

子供たちから質問が上がる。

「うん、それでいいと思うよ」

秀尚が答えると、さっきのショックから立ち直った子供たちは、

「なんさいですか？」

「はしるのはやい？」

またフレンドリーな質問攻めを始めた。

泣かれると面倒だと思ったのか、宵星は、

「年は、おまえらより上だ。走るのは早いほう」

ぶっきらぼうながら答え、それ以上は答えない、というのを示すために、読んでいた途中らしい漫画に目を戻した。

だが、そんな意図を悟《さと》れるほど、子供たちは大人ではなかった。

「すごい！　おとなのひとがよむまんが、よめるの？」

目をキラキラさせて浅葱が問い、半泣きだった萌黄も、

「かんじがよめるんですか⁉」

驚いた様子で問い重ねた。

「……まあ、そうだ」

短く返した宵星に、

「すごい、かんじ、よめるんだって」

「とえ、かたかな、まだぜんぶわかんない」

「ぼく、ひらがなしかわかんない」

子供たちは尊敬《そんけい》の眼差《まなざ》しを向け、

「かんじ、いっぱいわかるの？」

「おとなのひとみたいに、じでいっぱいのほん、よめる？」

再び質問攻めを始める。

宵星は子供たちを邪険《じゃけん》にもできず　戸惑いつつも律儀《りちぎ》に答え始めた。

その様子に、

——みんな、強いなー。ぐいぐい行くもんなぁ……。

宵星のテリトリーになかなか踏み込めずにいた秀尚は純粋に感心しつつ、

「俺、もうちょっとご飯の準備してくるね。十分くらいで戻るから、みんな仲良くね」

秀尚は中途半端だった作業をしに一度厨房に下りた。

そして戻ってきた時には、絵本を持った子供たちが宵星の周囲に群《むら》がっていて、今、宵星の隣には萌黄が座って、抱えたスリングの中の寿々と一緒に絵本を読んでもらっていた。

「『中を覗《のぞ》いてはいけないと言ったのに。正体を知られたからには、もうここにはいられません』。娘はそう言うと、部屋を飛び出し、鶴に姿を変えて空へと飛び去ってしまいました。おじいさんとおばあさんは、戻ってきておくれ、と、飛び去る鶴の姿に叫びましたが、鶴はもう二度と戻ってくることはありませんでした。おわり」

宵星が読み終えた絵本を閉じ、萌黄に返す。萌黄は絵本を受け取ると「ありがとうございました」と礼を言って立ち上がって宵星の隣を空ける。

するとと今度はそこに豊峯が座り、

「ぼくはこれよんで！」

手にした絵本を宵星へと渡す。

「ぶんぶく茶釜《ちゃがま》か」

宵星が渡された絵本のタイトルを読みあげ、ページをめくる。

「宵星くん、みんなに絵本読んでくれてるんだ。ありがとう」

秀尚は読み始める前に礼を言う。

その声で秀尚が戻ってきたことに気づいた子供たちが一斉にそちらを向き、

「よいぼしおにいちゃん、すごいの！」

「むずかしいかんじも、よめるんです！」

「きっと、てんさいなんだよ！」

口ぐちに宵星を褒め称《たた》える。

「そうなんだ。漢字が読めるの、すごいね」

秀尚も子供たちのノリを壊さないように初めて知った体《てい》で返してから、

「絵本の続きを呼んでもらう前に、今日のお昼ご飯、何にするか決めてくれるかな？」

と子供たちに言うと、真っ先に手を上げた萌黄が、

「かるろらーなのおうどんがいいです！」

と、自分の一番好きなものをリクエストする。

すると即座に二十重が手を上げて、

「はたえは、えびのてんぷらのおそばがたべたい」

とリクエストをしてくる。

「ぼくもおそばがいい！　たまごのはいってるおそば！」

慌てて新たなリクエストを口にするのは実藤《さねふじ》だ。

「たまごは、このまえのまえにたべたよ」

「ぼく、おうどんにしてもらったけど、たまごたべた」

わりと近い時期に食べたものだったため、他の子供たちからは却下の声が上がる。

「だって、たまごのおそば、すきだもん」

実藤はなんとかして通そうとするが、

「はたえも、えびのてんぷらだいすきだもん！」

「ぼくもかるろらーなだいすきです！」

二十重と萌黄が「好き」を主張する。

「エビのてんぷらと、カルボナーラ風うどんは、最近作ってなかったから、実藤、今日は譲《ゆず》ってあげないか？」

秀尚が言うと、実藤は素直に、うん、と引き下がった。

なお、あがる昼食のリクエストがうどんかそばなのは、遊びに来た時の昼食はうどんかそば、と秀尚が決めたためだ。

「実藤は譲ってあげられてえらいな。じゃあ、萌黄と二十重ちゃんでじゃんけんしようか。買ったほうのを今日のお昼ご飯にしよう」

新たなリクエストがあがらないうちに、秀尚は決めてしまおうと二人に声をかける。

すると、萌黄と二十重の二人は、真剣な顔をして組んだ両手をぐるりと回して中を覗いたり、手の甲の皮膚を指で押し上げてその皺《しわ》の数を数えたり、古典的なじゃんけんに勝つおまじないをする。

「はい、じゃあ、じゃんけん始めるよ。さーいしょーはグー、じゃんけんほい！」

「……！　やった！　勝ちました！」

一発勝負を制したのは萌黄だった。

「あーん、まけちゃった」

残念そうに言う二十重に、

「じゃあ、エビのてんぷらは、次にしようか」

秀尚が救済策を口にすると、二十重はにこりと笑って頷いた。

「うん！」

「今日はカルボナーラ風うどんに決まり」

秀尚の言葉に萌黄は満足そうに頷き、カルボナーラ派だった子供たちが「きまりー」と続ける。

「じゃあ、お昼ご飯まで遊ぼう。宵星くん、絵本、読んであげてくれる？」

中断させてしまった本読みの続きを促《うなが》すと、宵星は無言で頷いて、それから豊峯に渡された絵本を読み始めた。

「昔々あるところに、いたずら好きの狸がいました……」

それを聞きながら秀尚が少し離れた場所に腰を下ろすと、絵本読みの待機列の後方にいた殊尋《ことひろ》が狐姿の経寿《つねひさ》と一緒に近づいてきて、絵本を差し出した。

「かのさん、よんで」

「俺でいいの？」

「うん。じゅんばんがまわってきたら、よいぼしおにいちゃんにはまたべつの、よんでもらうの。よんでほしいの、たくさんあるの」

殊尋の言葉に、さっき宵星に絵本を読んでもらったばかりの萌黄が、その手があったか、とばかりに別の絵本を持って殊尋と稀永を膝の上に乗せた秀尚の近くに座る。

「そのつぎは、ぼくのをよんでもらっていいですか？」

「うん、もちろん」

秀尚が返すと、

「もえぎちゃん、ずるい。さっきよいぼしおにいちゃんによんでもらったのに」

浅葱が少し唇を尖らせて言う。

「よいぼしおにいちゃんによんでもらったけど、かのさんにはよんでもらってないから、べつです」

だが、萌黄は整然と自分理論を展開する。その言葉に秀尚は笑った。

「ケーキはベツバラって言うもんな」

秀尚が言うと、萌黄が目を輝かせた。

「けーき、すき！」

「ぼくもすき！」

浅葱の隣にいた実藤も即座に続け、十重と二十重も、

「あまいけーきだいすき」

「うん、だーいすき」

キャッキャと二人で鏡合わせのように手を合わせて言ってから、秀尚を見た。

「かのさん、おやつにけーきたべたい！」

「たべたーい」

にっこり笑っての、可愛い無茶ぶりである。

だが、その可愛さゆえに、そして秀尚の料理スキルゆえに、

「ケーキか……、生クリームのデコレーションケーキってのは無理だけど、そうだな……リンゴのパウンドケーキでも作ろうか？」

と、提案してしまう。

「ぱんとけーき？」

「ぱんでできたけーき？」

初めて聞く言葉だったので、子供たちは自分の知っているものを当てはめて理解しようと

する。

「あんぱんですか？　めろんぱんですか？」

聞いてくる萌黄は至極《しごく》真剣な顔だ。

「パンとケーキ、じゃなくて、パウンドケーキ、な」

訂正してやってから説明しようかと思ったが、食べさせたほうが早いので、

「おやつの時間、楽しみに待ってて。おいしいの作るから」

そう言って一度話を終わらせてから、殊尋と経寿に絵本を読み始める。

そこから小一時間ほど子供たちの相手をして――無論、宵星も子供たちにねだられて断れず絵本を読んでやっていた――、昼食の準備のために一階に下りた。

そして準備を整えてから二階へ子供たちを呼びに行く。

「みんなお待たせ、ご飯の準備できたよ」

秀尚が言うと、みんな一斉に「ごはんー」「かるろらーな！」と喜びだす。

そして、出していた絵本やブロック――作りかけの大作は残して、だが――をしまい、階下へと向かおうとする。

その中、宵星が座ったままなのに気づいた狐姿の稀永がトコトコと近づいていって、宵星の前にちょこんと座ると首を傾げて聞いた。

「ごはん、たべにいかないの？」

「俺はいい、おまえら、食ってこい」

だが、その宵星の返事を聞いて、部屋を出かけていた子供たちは宵星の許に再び集合した。

「たべないの？」

「もしかして、かるろらーなきらいなんですか？」

豊峯と萌黄が問う。それに宵星が答えるより早く、

「ぼく、にんじんたべられなかったけど、かのさんがあまくしたにんじんのおりょうりしてくれて、たべられるようになったよ！」

実藤が言い、十重と二十重も、

「わたしも、ぴーまんすきじゃないけど、かのさんがあんまりにがくないようにおりょうりしてくれて、がまんしてたべてたら、たべられるようになったよ」

「すききらいしたら、とうせつさまとか、けいぜんさまとかみたいに、おおきくなれないんだって」

宵星が食べない理由を「好き嫌い」ゆえだと思っている子供たちは、口ぐちに言う。

無理もない。子供たちはみんな苦手な食材があっても「食べること」は好きなのだ。

だから「食べない」という選択肢は存在しなかった。

——あー、どう言って宵星くんは食べないんだって説明するかな……。アレルギー説とか出すか？　でも嘘になるしなぁ……。

そんなことを思っていると、

「そうだな、好き嫌いは、よくねえな」

宵星はそう言うと立ち上がって、

「……急で悪《わり》ぃが、ちょっと分けてもらえるか」

秀尚を見て言った。

「うん、大丈夫だよ」

秀尚は返して、

――みんなの無邪気爆弾って、ホント強い……。

改めてそう思いながら、みんなと一緒に一階に下りた。

いつも、秀尚が料理を作る時、一人分か二人分程度、多めにしておく。おかわりしたい子が出ることもあるし、混ぜ合わせておかなければ、夜の居酒屋のメニューに適当に回せるからだ。

とりあえず、秀尚の分を宵星に回し、残しておいた材料でさっさと自分の分を作って、みんながいる店の畳席に戻る。

先に食べておいて、と言ったのだが、子供たちは律儀《りちぎ》に秀尚を待ってくれていた。

「みんな、待っててくれたんだ。ごめんね、じゃあ食べようか」

秀尚はそう言って、手を合わせ、「いただきます」と言うと、子供たちもそれに続いた。

――さて、反応はどうかなー……。

一斉に食べ始め、いつもどおり「おいしー！」と声をあげ始める子供たちを見ながら、秀尚は宵星をそっと見る。

宵星はカルボナーラ風うどんは初めてらしく、フォークを手にやや珍妙なものを見るような顔をしていたが、軽くくるっとうどんを巻いて口に運ぶ。

その瞬間、目を瞠《みは》った。

「……どうですか？　やっぱり、にがてですか？」

宵星の隣に座った、カルボナーラ推しの萌黄が心配そうに聞く。宵星は手で「ちょっと待ってろ」というジェスチャーをしてみせてから、味わうように咀嚼《そしゃく》し、

「うめぇ……」

短いながら実感のこもった感想を言った。

その返事に自分の推しが受け入れられたのが嬉しかったのか、萌黄はキラキラと輝くような笑顔を見せて、

「かるろらーなおいしいですよね！」

と言い、他の子供たちも「おいしーよねー」とにこにこ顔だ。

秀尚はとりあえず宵星が食べてくれたことが嬉しかった。

――食べなくても平気ってのは知ってたけど、やっぱ嬉しいよな……。

自分の作ったものを食べて、おいしい、と言って喜んでもらえる。

それはどんな時でも、嬉しいことだと思うのだ。

——もしかしたら、おやつとか、夕飯とかも、このまんま食ってくれるかな……。

そんなことを思いながら秀尚は、萌黄から食事の間預かっている寿々に食べさせながら、自分も昼食を食べた。


昼食後、宵星と一緒に子供たちには先に二階に上がってもらい、秀尚は洗い物ついでにおやつの準備を始める。

元々、今日のおやつにはリンゴを出す予定だった。

簡単に焼きリンゴあたりを、と思っていたのがパウンドケーキと、多少手間のかかるメニューに変更になったが、比較的簡単に作れるものだ。

「まずはリンゴを準備してー」

準備したリンゴの半分はくし形にして、残りは一センチ程度の角切りにする。角切りにしたほうのリンゴには蜂蜜《はちみつ》をまぶすのだが、そのうちの一部、マフィン一つ分に入れる程度には蜂蜜をかけずに取り分けた。

寿々の分だ。人間の場合、一歳未満の子供には蜂蜜を与えることはできない。蜂蜜に含まれる可能性があるボツリヌス菌《きん》への耐性がないからだ。

寿々は狐で稲荷候補なので問題ないかもしれないが、やめておいたほうが無難だろう。

なので寿々の分は蜂蜜をメープルシロップに変えて、マフィン型で焼くつもりなのだ。

リンゴの準備ができたら、ボウルにバターと砂糖を入れて空気を含ませるようにして泡立て器でよく混ぜ、そこに溶き卵をよく馴染ませるように数回に分けて入れる。

卵がよく混ざったら、小麦粉とベーキングパウダーをふるって入れ、再び混ぜる。少し粉っぽさが残っている状態で角切りのリンゴを入れて、軽く混ぜたら生地のでき上がりだ。

できた生地は、オーブンペーパーを敷いたパウンド型に入れて表面を均《なら》し、一八〇度で余熱しておいたオーブンに入れて、六、七分焼く。表面が少し焼けたら一度取り出し、くし形に切っておいたリンゴを並べてここにも蜂蜜をかけ、再びオーブンに入れて三十分から四十分焼けばでき上がりだ。

「おいしく焼けろよー」

オーブンの中のパウンドケーキに声をかけ、秀尚は二階に上がった。

そして宵星と手分けして子供たちの相手をしていたのだが、宵星は絵本を読む以外にも、トランプに駆り出されたり、プラスチックレールの電車のレール図案の相談に乗ったり、大人気だった。

そうこうするうちに、パウンドケーキの甘い香りが二階にまで漂い、子供たちがそわそわし始める。

「いいにおい……このにおいの、こうすい、ほしいなぁ」

「しゅっしゅってしたら、いつでもこのにおいするの、いいよねー」

十重と二十重は女の子らしい言葉を口にする。

だが、今回はパウンドケーキの甘い香りなので微笑ましいものの、前回はウィンナーの焼ける匂いでも同じことを言っていたので乙女心からというよりは、単純に「おいしそうな匂いが好き」なだけのようだ。

「かのさん、おやつもうすぐ？」

キラキラした目で豊峯が聞いてくる。

「できたてより、ちょっと冷ましたほうがおいしいから、あと一時間くらいしてから」

「いちじかんも？　まてない」

「たべたーい」

子供たちは今すぐ食べたいと主張してくるが、

「でも、一時間って、モンスーン二話か三話分だよ？」

秀尚が、子供たちの大好きなアニメのタイトルを口にすると、子供たちは、

「じゃあ、もんすーんみます！」

「みながら、おやつまつー！」

という結果になり、『魔法少年モンスーン』の鑑賞会が始まった。

そして一時間少し――三話分見ると、一時間を越えてしまったのだが、子供たちはモンスーンに夢中であっという間だったようだ――して、秀尚はおやつの準備を整えて二階に運んだ。

「はい、これがパウンドケーキ」

二つ分焼いたのだが、一つは下で切り分け、もう一つは元々の形を見せるために切り分けずに持ってきた。

「しかくです」

「うん、ながしかくだね」

大きなほうを見て萌黄と浅葱が呟き、

「うえにのってるの、りんご?」

殊尋が問う。

「そう、リンゴ。いつもみんなが食べる時と同じ形になってるだろ?」

秀尚の言葉に「ほんとだ、おなじかたちだ」と返してきた。

そして、もう一つの切り分けられたほうの断面を見ていた二十重は、

「なかにはいってるしかくいのも、りんご?」

と、生地に仕込んだ角切りリンゴを見つけて聞いてきた。

「そうだよ。中にも外にもリンゴ。こっちも切り分けるね」

持ってきた包丁でできるだけ均等に切り分け、一つずつ皿に載せていき、全員に行き渡ったら、お茶を淹《い》れていただきます、である。

秀尚は再び萌黄から寿々を預かり、寿々用のパウンドケーキを一口ずつ食べさせる。

子供たちは、初めて食べるパウンドケーキにメロメロになっていた。

「おいしぃー！」

「あまくてしっとりー」

「いくつでもたべられます」

耳と尻尾をぴるぴるふるふるさせて、もぐもぐ食べる。

豊峯と実藤、殊尋の三人は、思った以上においしかったらしく、うっかり変化《へんげ》が甘くなって、おおむね人の姿は保《たも》っているが、手足が狐に戻ったり、顔にひげが出てしまったりしていた。

そして、同じように食べていた宵星は、

「あんた……菓子まで作れるんだな」

感心したように言った。

「うん、お菓子作りの専門学校も出たからね」

秀尚の言葉に、

「かのさんは、なんでもつくれるんですよ」

萌黄が、まるで自分のことを自慢するように言った。

「それで、なんでもおいしいの」

浅葱も言って、萌黄と一緒に「ねー」と顔を見合わせる。

「こんど、おたんじょうびかいで、ごちそうと、けーきもつくってくれるの」

「こんどは、わたしと、とえちゃんと、まれながちゃんがたんじょうびなの」

十重と二十重も言い、そして稀永は、

「よいぼしおにいちゃんは、たんじょうびいつ？」

宵星に聞いた。

「俺に誕生日はねぇな」

宵星はあっさりと返してきて、その言葉に秀尚は子供たちにも最初、誕生日がなかったことと、その理由を思い出した。

――ってことは、人間とのハーフってわけでもないのか……。

子供たちは両親が狐だったので、誕生日という概念《がいねん》がそもそもなく、分からなかった。

だが、両親のどちらかが人間だったら子供が生まれた日のことは把握しているだろう。

――父親は暁闇さんで、母親が普通の狐？　いや、だったら暁闇さんが誕生日把握してるだろうし……出張中？　かなんかでいなかったから、いつ生まれたか分かんなくて家に帰ったら宵星くんが生まれてました、的な？

秀尚が頭の中で勝手なつじつま合わせをしているうちに、子供たちはおやつを食べ終えていた。

それからまたしばらく遊び、宵星は子供たちと一緒に夕食も食べた。

「はい、じゃあみんな、また来週」

秀尚が言うとみんな笑顔で「また、らいしゅー」と言ったが、その後で浅葱が宵星を見て、

「よいぼしおにいちゃんは、また、らいしゅうもあそべる？」

と、聞いた。その問いに宵星は腕を組んで少し首を傾げ、

「分かんねぇ。暁闇…兄貴の都合があるから」

と返していた。

その言葉で、秀尚は暁闇が父親ではなく兄だと知った。

——兄弟、だったんだ……。

「じゃあ、らいしゅうもあえたら、いっしょにあそぼうね！」

「また、いっぱい、えほんよんでください」

浅葱と萌黄が言うのに、宵星は頷いた。

「ああ、まだここにいたらな」

「じゃあ、みんな、また来週」

秀尚は再び送り出す言葉を告げる。それに促されて子供たちは秀尚と宵星に手を振り、押し入れの襖を開けてあわいの地にある萌芽の館へと帰っていった。

襖が閉まるなり、宵星は、はぁ……、と大きなため息をついた。

魂《たましい》まで漏《も》れ出そうなため息に、秀尚は苦笑しながら、

「今日はお疲れ様」

労《ねぎら》う言葉をかける。その言葉に宵星は秀尚を見た。

「あんた、毎週、連中の相手してんのか……？」

「そうだよ。みんな、いい子たちだろ？」

それは秀尚の本音だ。

本当に「うちの子、みんな可愛くていい子」と自慢したくなるくらいだ。

しかし、宵星は多少げんなりした様子で、

「いい子はいい子だけどよ、テンション高すぎだ……」

呟くように言った。というか、もう普通の声を出すのも疲れた、といった様子である。

――まあ、宵星くん、普段からテンション低そうだしなぁ……。

落差で疲れた、というところもあるのかもしれない。

「今日は、子供たちの相手をしてくれて助かったよ。ありがとう」

秀尚は礼を言った後、続けて、

「ご飯、明日からどうする？　食べてくれるなら、俺のと一緒に準備するけど」

そう聞いてみた。

食べなくても大丈夫なのは知っているし、今日は子供たちの手前、合わせて食べてくれていたのも分かっているが、やっぱり、食べても問題ないなら、食べてほしいと思ったからだ。

宵星は少し考えるように間を置いてから、

「あんたの手間になんだろ」

そう返してきた。

これまでとは違う展開に秀尚は「お？」と思いつつ、

「一人分も二人分も変わんないよ」

と返すと、また少し間を置いてから、

「じゃあ……頼む」

と言ってきた。

「分かった。じゃあ、明日の朝ご飯から宵星くんの分も作るね。アレルギーとかで、食べちゃダメって言われてるものとかある？」

「いや」

「OK。もし、食べたいものがあったら、言ってくれる？　その日のうちにっていうのは食材の関係上難しいこともあるけど、次の日とかになってもいいなら作れると思う」

秀尚の言葉に宵星は、なぜか少し居心地悪そうに、ああ、とだけ返すと定位置に座り、漫画を読み始めた。

これ以上は話さない、という意思表示だろう。

それを無視すると、ちょっと狭まった二人の距離がまた開いてしまうのは分かっているので、

「じゃあ、俺、厨房で明日の仕込みとかしてくる」

秀尚はそれだけ伝えて、厨房に下りた。

◆◇◆

この夜も、いつもどおりに常連稲荷がやってきて、居酒屋が始まった。

「ねえ、それでどうだったの？　宵星くんとあわいの子たちとのファーストインパクト」

先陣を切ってその話題に触れたのは時雨だ。

「俺も気になってたんだ。おまえさんの様子からすると、悪い感触じゃなかったってことは分かるんだが」

陽炎も続けて言う。

秀尚は野菜多めのエビチリを作りながら、

「悪い感触じゃなかった、なんてもんじゃないです。今日は革命が起きた勢いのすごさでしたよ」

そう言い、今日の出来事を話す。

「結局宵星くんに、子供たちが来るって言う機会がなくて。俺が下で作業してるうちにみんなが来ちゃって、宵星くん、そうとう驚いてました」

「まあ、驚くよねー。普通の押し入れかと思ってたら、そこからわらわら子供が出てきちゃうんだもん」

濱旭はうんうんと頷きながら言う。

「一応説明と紹介をしたんですけど、子供たちの無邪気な質問攻撃とフレンドリーさに圧倒されっぱなしみたいでした。でも面倒見がいいみたいで、子供たちに絵本読んだりしてくれてました」

「随分大人な対応だね。別の部屋に逃げ出しちゃったりしなかったのかい？」

冬雪が意外そうに聞いた。

「その暇もなかったのかもしれないです。みんなに囲まれちゃって……あと、最初にちょっと驚いて俺に説明しろよ的に怒鳴った声に、萌黄が泣きそうになっちゃって、それ見てたじろいでたんで……最初は泣かせないように気を遣ってくれてたんじゃないかなぁ。あとはもう感覚がマヒしちゃってみんなの相手してくれてた、的な？」

秀尚の言葉に、全員、子供たちの無敵の無邪気さを思い、さもありなんといった様子で頷いた。

「あと、みんなに合わせて今日はご飯を食べてくれたんですよ」

「おお、やったな！　反応はどうだった？」

陽炎が嬉しげな顔をして問う。

「おいしいって言ってくれましたよ。それで、明日からも食べてくれるみたいです」

「加ノ原殿の作るものはおいしいですから、一度食べたらそうなります」

景仙が褒めてくれるのに秀尚は面映《おもは》ゆい気もしたが、

「なるよねー。俺、仕事忙しすぎて会社に泊まり込みになっちゃってここに来られない時とか、マジ地獄って思うもん」

「ちょっとした死活問題になりかねないわよね」

濱旭と時雨も言って、笑う。

「過分に褒められてるんでこそばゆいですけど、ありがとうございます。あ、それで、分かったことあるんですけど、宵星くんは暁闇さんの息子じゃなくて、弟だそうです」

秀尚の報告に、全員驚いた顔を見せた。

「弟？」

「今まで聞いたことないね」

陽炎と冬雪は首を傾げる。

「人の年齢で七、八歳くらいに見えるって言ってたわよね？　暁闇殿が二百歳前後として宵星くんって十三、四、五歳…ってとこでしょ？　かなり年が離れてる兄弟ね」

彼ら稲荷は、秀尚が感じる見た目年齢と実年齢の間にかなりの開きがある。あわいの子供たちにしても、三歳から五歳くらいに見えるが実際にはもう少し年長らしいのだ。

「お母さんが違う、とかじゃない？」

「あり得るね。稲荷ってわりと多いよね、異母、異父兄弟って」

濱旭と冬雪の言葉に景仙も頷いた。

「長生きしてしまうのが私たちですし……人界の理《ことわり》の中で生きている者と夫婦になれば必ず先立たれますから、再婚を繰り返す者も多いですね」

「じゃあ暁闇殿のご両親のどっちかが稲荷ってことになるのかしら？」

時雨が言うが、

「どうだろうな……、任務上、身上を明かさない者も多いからそのあたりは分からんな」

陽炎は首を傾げた後、

「しかし弟、か……。本宮の養育所にいたならここに預ける必要もないから、今までは暁闇殿の故郷にでもいたのかもしれんな」

そう続ける。

「ああ、その可能性が高いね。諸事情で世話をしてもらえなくなって、暁闇殿が引き取って、でも次の預け先が決まる前に任務でって……」

「でもさ、それなら別に宵星くんのこと隠さなくてもよくない？」

冬雪の推測に濱旭が言い、それもそうか、と全員が腕を組み、首を傾げる。

「……えーっと、釈然としてないところちょっと聞きたいんですけど、暁闇さんって今、どうしてるんですか？」

その秀尚の問いに、

「どうしてるって……、もう本宮にはいないから、任務に入ったんだろうな」

陽炎がさらりと返す。

「それは、分かってます。ただ、宵星くんを預けたっきり、何の連絡もないし……。ちょっとくらい様子窺い的な連絡くらいあってもよさそうなもんじゃないかと思うんですよね」

しばらく戻れない任務だから預けていったことは分かっているが、連絡ぐらいは、と思うのだ。

「ああ、そういう意味か。黒曜殿配下っていうのは、特殊任務が多くてね。任務内容は、僕たちも全然知らないんだけど、本宮への連絡さえ最低限、それも命の危機レベルの時だけなんてこともあるみたいだね。だから、ここへの連絡もできないいんじゃないかな」

そう説明してくれたのは冬雪だ。

「命の危機レベルって……」

特殊部隊クラスの危なさとは聞かされていたが、その時はまだ実感が伴《ともな》っていなかった。

だが、宵星を預かって少し経《た》った今は違う。

「宵星くん、暁闇さんのこと心配だったりもするんだろうな……」

「どこまで、暁闇殿の任務について教えられているかによるでしょうが……不安はあるのではないかと思います」

景仙が静かに言った。

「そうよねぇ……、期日の決まってる任務もあるけど、そうじゃなくて成果を挙げて終了になるってのもあるし、期日の決まってる任務でも、いつ出ていつ戻るかは表立っては知らされないもの」

続けた時雨の言葉に秀尚は小さく息を吐いた。

「じゃあ、暁闇さんがいつ戻るかは、分かんない感じか……」

「そうね。でも、マジで超ヤバい任務で生きて帰れるかどうかとか、帰るのが何年先になるか分かんないっていうような任務じゃないとは思うのよね」

「そうだな。ここに預けていったってことは、ある程度の期間で戻ることを想定してるからだろう」

時雨と陽炎はそう言うが、その根拠が分からなくて秀尚は首を傾げる。

「なんでそう思うんですか?」

「おまえさん、普通の人間だからな。帰るのが百年も先になるような任務だったらおまえさん、この世にいないだろう? 帰ることができるかどうかって任務の場合も同じだ」

陽炎の言葉に時雨も頷く。

「そんなんだったら、多少の不利益が自分たちに振りかかることになっても、事情を分かり合えるチーム黒曜内でどうにかすると思うわよ。でも、今回は短期で戻れる任務だから、無理が通りそうなこっちに振ってきたってとこかしらね」

「その『短期』の認識が、お稲荷様的認識じゃないことを祈ります……」

何しろ以前、秀尚があわいの地に迷い込み、こちらの世界に帰るための時空の扉を陽炎が開いてくれたのだが、開いたのは空前の好景気に沸いていたバブル時代の日本だった。秀尚にとっては生まれる前の時代で、帰ることができないと告げた時、陽炎は「ついこの間のような気がしたんだが」的なことを言っていた。

その神様的な時間の流れを考えると、暁闇が考えている「短期」が年単位に及ぶ可能性がある。

「うーん……そこは何とも言えないね」

苦笑しながら冬雪が言い、時雨も苦笑しながら、

「秀ちゃんも大変ね」

と労ってくる。

「大変っていうか…、最初はそれなりに心配とかもあったんですけど、手間のかかる子ってわけじゃないし……なんていうか、何をしてやれるっていうのがない分、俺が勝手にもやもやしちゃう感じですね」

秀尚がそう返すのに、

「本当におまえさんは、面倒見がいいな」

陽炎が感心したように言う。

「うん、大将ってホント面倒見いいし、優しいよね。結ちゃんにしても、大将がいたから餓鬼を卒業して、次のステージに進めたわけだし」

「そうですね。加ノ原殿でなければ、御魂《みたま》様もあんなに早く落ち着かれたかどうか」

濱旭と景仙が以前起きた事件を引き合いに出す。

餓鬼を捕まえた時、その餓鬼があわいの地の子供たちと似たような年格好で、そんなに小さいのに飢《う》えて食事への執着からそうならざるを得なかったことを考えると、せめて少しの間でも何かを食べさせてやりたいと思って処分を待ってもらったのだ。

その結果、いろいろな手助けを得て、餓鬼だった結は成仏を果たし、今はなんだかよく分からないのだが、気まぐれに加ノ屋に遊びに来る。

そして、彼ら稲荷を統《す》べる宇迦之御魂神、通称うーたんは、急激に変わった自分の立場と周囲の者の反応に幼い心を痛めて宮殿を抜け出し、加ノ屋に現れた。

おそらくそれは、稲荷たちが開いている時空の扉を見つけてのことだったのだろうが、結局、彼女の気持ちが落ち着くまで預かっていた。だがこの時も、いろんな人が偶然とはいえ助けてくれたおかげだ。

「俺一人でできたってことじゃないし、俺は、今の自分のできる範囲で、できることをするだけだから」

そう言う秀尚に、

「じゃあ、おまえさんのできる範囲で、リクエストに応えてはくれないか？　ガッツリめの肉料理が食いたいんだが」

陽炎はそんなことを言ってくる。その陽炎に、

「現時点で、一番手がかかってるのは、陽炎さんなんですけどね」

そんな言葉を返しつつも、

「豚のコマ切れがあるんで、それで肉団子でもしますか？」

冷蔵庫から肉のパックを取り出しつつ聞く。

「いいねぇ、味はそうだな…シンプルに塩…いやいや、甘じょっぱい醤油味で頼む」

陽炎の言葉に、はいはい、と返事をして、秀尚はリクエストに応えて料理作りを始めた。

四

宵星と一緒に食事をするようになって二日が過ぎた。

あまり喋るわけではないが、好き嫌いはないらしく、出したものはなんでも食べてくれるし、なんとなくだが、雰囲気というか纏う空気感が柔らかくなった気がした。

「じゃあ、店あるから、下りるね。なんかあったら来て」

食べ終えた朝ご飯の食器をトレイに載せ、秀尚はそう言い置いて一階に行く。

秀尚が下にいる間の宵星の今の暇潰しは漫画に、『魔法少年モンスーン』の全シーズン制《せい》覇《は》が加わった。

この前子供たちが来た時に半《なか》ば無理やり一緒に見させられて興味が出たらしい。

その時に見たのは最近やっていた分で、子供向けなので途中から見ても大体分かるとはいえ、最初から見ることにしたようだ。

加ノ屋には、映画版も含めてシリーズのほぼすべてが揃っている。

秀尚はテレビ放映分を録画しているだけだが、大人稲荷たちが子供たちのためにファーストシーズンからのＤＶＤを――レンタル落ちだが――購入してきてくれたのだ。

宵星はそれを順に見ている。

テレビの見っぱなしは教育上よくないことは分かっているが、一人で長時間過ごしてもらうことになるので、ある程度は仕方がない。

それに本人も、テレビを見続けると疲れるようで、秀尚が様子を見に来ると、クロスワードや数独《すうどく》などが載った雑誌の問題を解いたり、漫画を読んだりしている。

雑誌は、秀尚が宵星のために、前買ってきたものだ。

意外と楽しんでくれているようで、特に今は数独を好んでやっている。

——もうちょっと別の暇潰しも考えてあげられたらいいんだけどな。庭で何かするとか……でも、何かっていっても、一人だからなぁ……。

そんなことを考えながら秀尚は店を開けた。

開けるとすぐに客が入り始め、あっという間にテーブルが埋まる。

いつもは一人客が多いのだが、今日はなぜか三、四人のグループ客が多く、厨房が一気に戦場モードだ。

救いは大半の注文が日替わり二種類のランチセットなことだ。

注文が多いのを見越して、どちらともあとは盛るだけ、の状態にしてあるので人数が多くとも何とかさばける。

その合間に、通常メニューのパスタをプラスアルファの値段でランチセットにするといったような注文が入ると、それは一から作らねばならないので少し焦る。

いつもならさほど焦りはしないが、今日は一気にピーク人数が来たため、頭がこんがらがりそうだ。

とはいえ、こういうことは二、三ヶ月に一度か二度ある。

そして秀尚は知っている。

焦っても、ミスが増えるだけだということを。

——一人でやってる店だってことはメニューにも書いてあるし、混んでる時は待ってもらうしかない！

これがビジネス街にある店ならそうはいかないだろうが、辺鄙と言っていい山の中腹付近にあるこの店にわざわざやってくるのは、十分、十五分が命取りになる人たちではない。

もちろん、そこに甘える気はないが、甘えざるを得ない時もある。

最初の客が帰ると、皿を下げる間もなく、外で待っていたらしい客が入ってくる。

「いらっしゃいませ、すぐにお皿下げるんで、少々お待ちください」

秀尚はレジを終えて、急いで空いた席の皿を片づける。

そして新しく入ってきた客の水の準備をしている間に、別の客が帰り、会計をしている間に次の客、そして注文を聞いてほしいという声がかかり……。

——うっわー、久しぶりにフル回転って感じ！

注文の料理を作っていると、また新たに客が入ってきたらしく、扉の開く音が聞こえた。

「いらっしゃいませ、少々お待ちください」

厨房から、挨拶だけしながら、客の帰った席があったはずだと脳内の記憶を辿《たど》り、この後の手順をシミュレートしていると、

「いらっしゃいませ、すぐ片づけるんで、待っててください」

店のほうから聞こえてきたのは、宵星の声だった。

――え？

少しすると、宵星がテーブルに置いてあった皿を下げて厨房にやってきた。

腰には秀尚が予備に置いている短いギャルソンエプロンを巻いていて――短くても宵星には大きくて膝の上あたりの丈になっているし、腰回りも余って二重になりそうな勢いだ――ちびっこギャルソンといった様子である。

「机拭いてきた。次、どうすんだ？」

「あ、人数分のおしぼりとお水出すんだけど……」

「分かった」

宵星は言うと、一度倉庫に入り、そこから子供たちが使っている踏み台を取り出すと、水とおしぼりが置いてある台の前に置き、その上に乗った。

そして、入ってきた客の人数分の水とおしぼりを準備して客席へと向かった。

「今、店主が忙しくしてるから、注文、ちょっと待っててください」

宵星が説明するのに、「分かったわ」「ありがとう」「可愛い」と若い女性たちが口々に言うのが聞こえてきた。

宵星はすぐに戻ってきて、

「注文聞くとこまでやるか？」

と聞いてきた。

「いや、今はいい。メニューいろいろあるから」

ランチの売り切れが迫っているし、そうなると後は通常メニューの組み合わせばかりになる。

メニューが頭に入っていれば問題ないが、宵星には煩雑《はんざつ》になるだろう。

「じゃあ運ぶの、手伝うか。でき上がってんの、なんかあるか？」

「このサラダ、お願い。ランチのサラダ。レジに一番近いテーブル席のお客様の分」

秀尚がサラダを載せたトレイを渡す。

「分かった」

宵星はそう言うと、サラダを持って客席に向かった。

そして戻ってくると、

「畳席の客、帰り支度始めたから、そろそろレジ」

と、店の様子を教えてくれる。

「分かった、ありがとう」

返事をしながら秀尚が作り終えた料理を持って客席に向かうと、おそらく秀尚が出てくるのを待っていたのだろう、畳席の客が腰を上げ、宵星が水を出した客が「オーダーお願いします」と声をかけてきた。

その間に宵星は畳席の皿を片づけて机を拭いてくれていた。

——うわー、助かる……！

些細な手伝いでも、あるのとないのとでは大違いだ。

特に気持ち的に。

結局宵星はピークが過ぎるまで、お皿を下げるのと水とおしぼりを出す作業を手伝ってくれた。

「……ありがとう、手伝ってもらえてマジで助かった！」

今いる客の料理を出し切った秀尚は厨房で宵星に礼を言った。

「別に、大したことしてねえ」

宵星はいつものぶっきらぼうに聞こえる口調で返してくる。

「いや、めっちゃくちゃ助かったよ。ホント、ありがとう」

再度礼を言うと、宵星は居心地の悪そうな顔をした。

照《て》れているのかもしれない。

その様子がなんだか可愛くて、秀尚は微笑ましく思ったのだが、ふっと「なぜ宵星が店にいるのか」というそもそもの問題に気づいた。

「えーっと、ここに来たってことは、何か俺に用があったんだよね？　何かあった？」

これまで宵星が営業中の店に下りてきたことはない。

つまり、何かあったということだ。

「あー、海賊《かいぞく》の漫画読んでたんだけどよ、途中の五巻分が抜けてんだ。どこにしまってんのか聞こうと思って」

どの漫画かはすぐに分かった。

「それ、陽炎さんが持って帰ってる。うちによく来てる稲荷の一人で……」

「なんだ、ここにねえのか。……じゃあ、仕方ねえな」

宵星はすぐに納得した顔を見せた後、

「あんた、いつもあんなに忙しいのか？」

そう聞いてきた。

「今日みたいに外で待つ客が何組も、なんて日は、二、三ヶ月に一、二回だよ。大体は一組にちょっと待ってもらう程度だから」

今日は特別だと言ってみたが、

「それじゃあ、普段でも結構な忙しさなんじゃねえか」

宵星はそう言った後、

「問題がねえなら、今みたいに皿下げたり、客に水出したりするくらいは手伝うか？」

と聞いてきた。

「え、それは……」

まさかそんなことを言ってくるとは思わなくて、秀尚は戸惑う。

「迷惑なら、別にかまわねえ」

「迷惑とかはないよ、ありがたいし、実際今日もすごく助かった。けど、子供の宵星くんに手伝わせるのは申し訳ないっていうか……」

一人での切り盛りに慣れているとはいえ、手伝いの必要がないわけではないのだ。

だが、「預かっている」宵星に手伝いを頼んでいいのかどうか、そこが分からなかった。

しかし、宵星は、

「世話になってんのに、日がな一日、テレビ見て漫画読んで遊んでるだけってのは、居心地悪ぃ」

とぶっきらぼうに言ってきた。

「じゃあ、お水とおしぼり出すの手伝ってくれる？　あと重たくない範囲でいいからお皿下げたりとかも……」

秀尚が頼むと、宵星は短く「ああ」とだけ返してきた。

「ありがとう。じゃあ……ちょっとエプロン変えようか。大きいのをダボッとつけてる感じも可愛いけど、子供たちが手伝いの時につけてるエプロンあるから、そっち着てみて。それから、頭もちょっと手ぬぐい巻いてみようか」

秀尚は倉庫にしまってある子供たちのお手伝い用エプロンの中から一番大きいサイズのものを出して宵星に渡した。

元々エプロンは大きめに作ってあることもあって、子供たちの中では大きなほうの浅葱と萌黄でも大きすぎるものだったが、宵星にはジャストフィットだった。

それから髪も結わえてあるとはいえ、念のために手ぬぐいを巻いた。

「おお、完璧《かんぺき》！　じゃあ、お願いします」

準備の整った宵星に秀尚は頭を下げる。

「おう、任せとけ」

宵星がそう返した時、

「すみませーん、レジお願いします」

と店のほうから声がかかり、

「じゃあ、早速出動！」

秀尚はそう言って宵星と一緒に店に向かった。

「って感じで、店を手伝ってくれたんですよ、今日」

◆◇◆

今夜も集まって厨房居酒屋を楽しむ常連稲荷たちに、秀尚は宵星が店を手伝ってくれたことを報告した。

「いやぁ、めでたいじゃないか」

「どんどん距離が縮まってるね」

陽炎と冬雪が言い、かんぱーい、とグラスを合わせて祝う。

「それも、大将のご飯がおいしいからだよね」

「それは言えるわ。なんていっても餓鬼が昇天しちゃうくらいだもの」

濱旭と時雨も続ける。だが、それに秀尚は頭を横に振った。

「料理がおいしいって言ってもらえるのは、嬉しいですけど、結ちゃんの時は『心残り』の料理を見つけられたからだし、今回は子供たちが宵星くんの心を開いてくれたからですよ。俺は、腫《は》れものに触るような対応しかできなかったですし」

深く傷ついているだろう宵星に、どんな言葉をかけて、どんな対応をすればいいのか分からなかった。

必要以上に声をかけたりすれば鬱陶《うっとう》しいと思われて逆効果になりそうで、「特に何も気にしてない」という態度を貫《つらぬ》くのが秀尚ができる最善策だったのだ。

子供たちがいなければ、今も何も食べていなかっただろうし、せいぜい挨拶を交わすだけだったと思う。

「相変わらず謙虚《けんきょ》ですね」

景仙が微笑みながら言い、それに秀尚が、そういうわけじゃない、と言うより早く、

「まあ、誰の手柄でもかまわんが、そこまで心を開いたなら、そろそろ俺たちも会わせてもらいたいんだが」

陽炎が言い、それに冬雪、時雨、濱旭の三人が同調して頷く。

景仙が頷かないのは、会いたくないというわけではなくて、秀尚を慮《おもんぱか》ってのことだ。

「そうですね……、とりあえず、明日にでも聞いておきます。今伝えてすぐに来てっていうのはやっぱり問題だと思うんで」

秀尚が言うと、ここで景仙がすぐに頷いた。

「それがいいでしょう。繊細で人見知りなところのある子のようですから、子供同士では比較的早くうち解けたといっても、大人相手となると違いますからね」

景仙が先に言ったことで、多少ごねるつもりだった陽炎は小さく息を吐いた。

「景仙殿にそう言われちゃあ、引き下がるよりほかないか」

「まあもっともな意見だしね」

冬雪が笑って言いながら、陽炎に、どんまい、と声をかける。

「楽しみを後に取っておくというのも、いいもんだ」

陽炎はすぐに立ち直ると、

「ところで今日は十七日だが……やるか？」

常連稲荷たちの顔を見渡した。

「そう言えば、今日は十七日でしたね」

景仙が日付を確認し、今気づいたように言う。

「やっちゃう？」

「時間もいい頃合いだし。あ、でもちょっとこのあたり片づけて……」

常連稲荷たちが少し乱れた、テーブルとして使っている配膳台の上をある程度見栄えを考えて片づける。

そして、整ったところで濱旭が自分の携帯電話を取り出して何やら操作した後、配膳台の隣に置いてある食器棚の一角に置いた。

「始めるけど、準備いい？」

濱旭の問いに常連稲荷たちからＯＫの返事が上がる。

「じゃあ、始めるよー。『どうもー、全国の神使の皆さんこんばんはー。いなりちゃんねる生配信の始まりでーす』」

濱旭が携帯電話に向かって話しかけてから自分の席に戻ってくる。

「今日も、毎度お馴染み人界某所の隠れ家居酒屋からお送りしちゃってるわけだけど、まず、今日のおつまみからご紹介～」

明るい声で時雨が続けて話し出す。

何が始まったのかといえば、連絡用水晶玉と、携帯電話やパソコンなどの人界端末に濱旭が通称で『INARi-Fi《イナリファイ》』と呼んでいる術を組み込んだ者のみ視聴が可能な、酒飲み動画の生配信だ。

人界の動画サイトを濱旭と時雨から見せられた陽炎が、飲み会動画を撮りたいと言い出し、濱旭、時雨、冬雪の三人はまあ、やるなら協力するけど、というスタンス。景仙は完全に巻き込まれた形だ。

もっとも時雨も冬雪も「協力するけど」的なニュアンスだったにもかかわらず、始まってしまえばサービス精神を発揮《はっき》している。

とはいえ、始まったのはまだ先月のことで、これでまだ二度目だ。

しかし、見ている稲荷は結構多いらしく、

「結構コメントもいただいてて『リアタイじゃなく録画ですが、見ました！　うちの祠《ほこら》の水晶玉は小さめなのでちょっと大変でしたけれど、すごく楽しかったです。二回目楽しみにしてます』ってポチ子さんからいただきました」

冬雪が、濱旭が持ってきているタブレット端末を見ながら、ついたコメントを読み上げる。

「稲荷なのにポチ子ってところがまた、ツボをついてくるな」

「そんなこと言うと、凝った名前でコメント入れてくるの続出するわよー？」

陽炎の言葉に時雨が笑いながら返す。

秀尚は配信中も料理を作ったりして、画面の中に映り込むことが多いのだが、映り込んでも姿がぬいぐるみか何かになるように術をかけてくれているらしいので、安心していつもどおりに作業を続ける。

「人界一年生さんからは悩み相談……って言っていいのかなぁ。『人界に下りて七ヶ月、なかなか人界での生活に馴染めず、相談できる神使も近くにいなくて、かといって本宮に戻ると人界に戻るのが嫌になりそうで戻れず。毎日ちょっとつらかったのですが、配信を見て久しぶりに楽しい気分になれました。これからも配信、続けてください、待ってます』だって。見てくれてありがとねー、今日も見てくれてるかなぁ？」

濱旭が携帯電話に向かって手を振る。

もらったコメントへのレスポンスで盛り上がったり脱線したりして、時間が経つにつれて常連稲荷たちの酒も進み、どんどん宴《うたげ》はエスカレートしていった。

「お次は、海賊危機いっぱーつ！」

濱旭の宣言に続いて、タンバリンやら鈴やらパフパフ鳴りものなどが騒がしく鳴り響く。

樽《たる》のミニチュアの真ん中に海賊の人形が頭だけ出して詰められており、その樽の穴に付属のプラスチックの短剣を突き刺していって、人形が飛び出したら負け、というゲームだ。

人界に昔からあるおもちゃなのだが、前回の配信で負けた者が無茶ぶり一発芸、もしくは『絶対にスルーできない質問三つ』に答える、という罰ゲームつきでやったところ、大好評で、今回も、ということになったのだ。

「じゃあ、一本目、時雨いきまーす！」

言った時雨の声と共に、ドドンッ！　と太鼓《たいこ》を鳴らすのは陽炎だ。

太鼓自体は小さなものなのだが、大太鼓を叩いた時のような低く大きな音が出るように術で改造されている。

——ホント、ここが山の中でよかった……。

少し前にも同じことを思ったが、改めてそう思う。

これが街中なら完全に苦情ものだ。

「うわー！　もう、絶対そろそろ来るパターンじゃん」

「確かに、四周目ともなると、いつ来てもおかしくないね」

濱旭と冬雪が自分の短剣を手にしながら言う。ゲームは順調に進み、否応なく緊張感が高まっていた。

陽炎は樽の穴の残りを吟味《ぎんみ》するように見つめ、ある穴のところで手を止めた。

「よし、ここにすべてをかける！」

そう言って短刀を手にすると、その穴にとりあえず軽く先端だけ突っ込む。

そのタイミングでダダダダダダダ、とドラムロールのように濱旭が配膳台の縁を叩いて音を出し、その音がやんだ瞬間、

「南無三《なむさん》っ！」

陽炎は奥深くまで短刀を突っ込んだ。

一瞬の静寂の後、

「せぇぇぇぇぇっふ――――――――！」

成功を告げる陽炎の雄たけびと同時に、すべての鳴りものが響き渡る。

それはもう騒音レベルだが、ほどよく酔っている彼らには瑣末《さまつ》なことのようだ。

だが、その音が鳴りやまぬ中、ものすごい勢いで階段を駆け下りてくる音が聞こえ、秀尚が、え？　と思って調理中の料理から目をそちらに向けた時、

「おまえら！　今何時だと思ってんだよ！　眠れねぇだろうが！」

怒鳴り声が聞こえ、秀尚の視線の先には、階段の一番下に仁王《におう》立ちしてマジギレしている宵星の姿が見えた。

だが、宵星は騒いでいる常連稲荷たちの姿を目にした瞬間、眉根を寄せた。それは怒りよりも困惑に近いように見え、宵星の視線の先に何か起きているのだろうかと秀尚もそちらに

目を向ける。

とはいえ、そこには常連稲荷たちの姿しかない。しかし、他の稲荷が「あ、これが噂《うわさ》の子供か」という表情で宵星を見ているのに対して、時雨だけは少しニュアンスの違う表情をしていた。

なんとなく久しぶりに会った、というような雰囲気にも取れたのだが、それは一瞬のことで、

「やぁだぁぁぁぁ！　かぁわぁいぃぃぃぃぃぃ‼」

時雨が一気にちびっこ愛《め》でモードに入り、席を立つと階段にいる宵星の許へと歩み寄った。

「宵星ちゃんね、はじめまして、アタシは時雨よ」

にこにこフレンドリーに時雨は話しかける。

「お……おぅ……」

宵星は時雨の圧にたじろぎ、やや腰が引けていたが、さらに困惑が深まったような表情をしていた。

どうやら、女性のような物言いが聞こえていたのに、男ばかりで、そしてやっぱりその言動の持ち主が男なので、驚いていたようだ。

「下りてきたんだったら、こっちにいらっしゃいよ」

時雨が宵星を誘っている間に、

「店主の知り合いのお子さんが眠れないってことなんで、今夜はここでお開き。ゲームの続きは来月。またお会いするのを楽しみにしてます」

冬雪がシメの挨拶をして配信を終了させた。

「うるさくして、ごめんね。でも、もう静かにするから寝てきて」

秀尚はそう言ったのだが、

「もう、しっかり目が覚めちゃったわよねぇ。ほら、ちょっといらっしゃいよ」

時雨はそう言って、状況がまだ呑み込めず固まっている宵星を抱き上げた。

「ぉわっ！　ちょ……っ！」

「はい、暴れないの。落とすわよ」

時雨はそのまま宵星を連れて配膳台に戻ってきた。

そしてちゃっかりと自分の膝の上に宵星を座らせてしまう。

「なんであんたの膝の上なんだよ！　そこにまだイスあんだろうが。それ出せよ」

宵星は脇に積んである丸イスを指差し、抗議する。

「だぁめ。これ以上イス出すと、秀ちゃんの動線の邪魔になるのよ。それに、ちびっこはアタシの膝の上って昔っから決まってんの。ほら、ごらんなさいよ」

時雨はそう言うと自分の携帯電話を操作し、撮り貯めた写真の中から、薄緋をお膝抱っこしている写真を宵星に見せた。

「薄緋……？　いや、薄緋の子か？」

宵星は戸惑った様子で呟くように言った。

「あれ、薄緋さんのこと、知ってるの？」

宵星の口から薄緋の名前が出たのが不思議で秀尚が問うと、

「……綺麗な面《つら》に騙されたら痛い目見るって噂だ」

ぶっきらぼうに呟いた。

だが、そのセリフに以前、薄緋に説教された陽炎と冬雪はうんうん、と頷き合う。

「薄緋殿本人よ。ちょっと騒動があって、その時に子供に戻っちゃったの。今はもうすっかり元の姿よ」

時雨はそう説明してから、

「陽炎殿、宵星ちゃんに飲み物何か出したげてよ」

飲み物の入っている冷蔵庫に一番近い場所に座っている陽炎に声をかける。

「飲み物といっても……子供の飲み物ってなると割り材に使うウーロン茶かソーダくらいしかないぞ」

常連たちの飲み物は基本的にアルコールだ。

例外的に飲まない時は、秀尚が日常的に飲んでいるお茶を急須《きゅうす》で淹れて飲んだり、割り材として持ち込んでいるウーロン茶だ。

「いや、かまわねぇ。俺はこれをもらう」

宵星はしれっと言って、置いてあった時雨のビールが入ったグラスに手を伸ばそうとしたが、その手を時雨は即座にしっぺした。

「こーらこら、未成年。油断も隙《すき》もありゃしないわね、まったく」

「バレたか」

宵星はそう言って肩を竦める。

「店で出してるジュースもあるから……宵星くん、飲みたいものある？」

秀尚が問うと、

「いや、お茶でかまわねぇ……。つか、本気で俺、このままここなのか？」

飲み物より、自分の座り位置を問題にしたいらしい。しかし、

「そう、本気でここよ。諦めなさい」

時雨はそう言うと片方の手で完全に宵星をホールドする。

逃げられないのを悟った宵星は、死んだ魚のような目をして一つため息をついた。

「まぁ、とりあえず、自己紹介から始めたほうがいいかな？」

微妙な空気になる前に、そう言ったのは冬雪だ。

「僕は冬雪。あわいっていうところで、警備の任務についてるんだ」

「……どうも」

宵星は死んだ魚の目のまま、軽く目礼する。

「じゃあ次は俺だ。陽炎っていう。冬雪殿と一緒であわいで警備をしてる」

「……そう。どーも」

宵星の反応は相変わらずだが、

「じゃあ次はアタシね」

自己紹介を時雨が引き継《つ》いだ。

「アタシはさっきも名乗ったけど、時雨。人界に下りて人と同じように仕事をして生活するって任務をしてるわ。今の勤務先はショーパブの『ゴールデンドロップス』ってところなの。そこでチーママしてるのよ」

さらりと嘘を言う時雨だが、宵星は信じたらしい。

「ショーパブ…チーママ……」

「あ、でも店での人気は断トツ一番よ」

語尾にハートが飛んでいそうな様子でさらりと続ける時雨の言葉に我慢できず、景仙が噴き出した。

「もう、ちょっと、そこで噴き出さないでよ。嘘だってバレるじゃない」

時雨が即座に突っ込むと、景仙が「すみません」と言いながらもまだ笑いが止まらない様子で口元を手で隠す。

「いや、無理だって。俺も笑いそうになるのほっぺた噛《か》んで我慢してたくらいだもん」

濱旭も続ける。

「嘘なのかよ！」

騙されかけたというか、完全に本気にしていた宵星はキレかかった口調で言った。だがそれにさえ時雨は動じない。

「人界の動向調査っていっても、さすがにそこまでピンポイントな職種につくようにって命令は今はまだないわよ。普通に企業で働いてるサラリーマンよ」

「俺もサラリーマンしてるよ。あ、俺は濱旭、よろしくね」

濱旭がついでに自己紹介をし、笑いがようやく収まった景仙も、

「景仙といいます。本宮とあわい、両方で警備の任についています」

と続けて、全員の紹介が終わった。

そのまま陽炎が、

「ここに預けられてしばらくになるが、居心地はどうだ？」

無難な問いを投げた。

「悪くねぇ」

短い言葉でしか返さなかったが、陽炎は気にすることなく、

「加ノ原殿の飯はうまいだろう？　定番なら出汁《だし》巻き玉子。まだ先だが、冬にはぶりの照り

焼きがたまらんな。あのタレをご飯にかけてシメに食うのがまた……」

と続ける。それに冬雪も頷いて、

「僕は豚の角煮をお勧めしたいかな。柔らかく煮込んであって……本当においしいんだよね」

自分の好きなメニューを口にする。

「分かる……！　角煮と一緒に煮込んである長ネギもおいしいんだよね。俺、クリームソース系の料理も好きだなぁ。グラタンとか。大将、今度また作ってよ」

濱旭も自分の好きなメニューを告げて、リクエストしてくる。

「そうですね、じゃあ、今度準備しておきます」

秀尚は気軽に返した。

「もう、アンタちゃっかりしてるんだから。じゃあ、アタシもリクエストついでに好きなものの言っちゃうけど、肉じゃがは外せないわね」

時雨が言うのに、

「あ、それは昨日食った」

あっさり宵星が返す。

「ほんとに？　居酒屋じゃ出なかったわよ」

「昨日のランチのメニューだったんですよ。あわいの子供たちと俺たちもそれを昼飯にして、売り切れって感じです」

「なんだ、そうだったのね。でも、また今度作ってよ」

「来週のランチの仕込みの時に、多めに作ってこっちの分、取っておきます」

今月の日替わりランチのローテーションに入っているので、そうするのが一番手間が省《はぶ》ける。

「嬉しい！　じゃあ、来週は絶対に残業とか女子会とか入れずに来なきゃ！」

時雨はそう意気込んだ後、

「で、景仙殿の好きなものって何？」

最後に残った景仙に聞いた。

「……加ノ原殿の料理は何でもおいしいのですが……、鯖《さば》の昆布じめがもう一度食べたいですね」

景仙が口にしたメニューに、

「渋《しぶ》い……さすが景仙殿、いいところをついてくる」

「確かに前にあわいで食べた昆布じめ、おいしかったよね。お酒が進んじゃって……」

陽炎、冬雪が言い、他の常連たちも頷く。

「あれは、本宮から回してもらった鯖と昆布がよかったからですよ」

以前行なわれた加ノ屋の耐震工事の間、秀尚は萌芽の館に身を寄せていた。その時に本宮から使いませんかと送ってくれた食材の中に鯖があり、それで作ったのだ。

「そのいい素材を存分に生かすことができるっていうのが、やっぱり大将のすごいとこだと思うんだよね」

濱旭が褒めてくれる。

「ありがとうございます。じゃあ、よさげな鯖、市場で見つけられたらまた作ります」

「やったー。じゃあ、俺も出張で日本海側《にほんかい》行ったら、市場に寄ってみる！　石川《いしかわ》とか、福井《ふくい》とか、富山《とやま》とか、あのあたり魚がおいしいイメージ！」

グラタンを希望していた濱旭だが、昆布じめも気に入ってくれていたようで、そう返してくる。

「あんた、本当にレパートリー多いな。今出たやつ、肉じゃがと豚の角煮しか食ったことねぇ」

宵星が感心したように言うのに、

「機会があったら、これから出すよ」

そう言い、ついでに、

「お兄さんがいつ頃帰るか、目処《めど》的なことって宵星くんも聞いてないのかな」

と聞いてみた。しかし宵星はふいっとそっぽを向いて、

「知らねぇ」

気分を害した様子で返してきた。

その態度でどうやら暁闇に関した話題は未だ地雷だということが分かり、

「そっかー、分かんないなら、ちょっと急ぎ気味で食べたことないメニュー出してかないと、いきなり時間切れになるってこともあるね」

とりあえず、暁闇のことを聞いたのはそのためだという体《てい》で続けてから、陽炎を見た。

「あ、陽炎さん、持って帰ってる漫画、明日持ってきてくれますか？　途中の巻が抜けてて宵星くんが読み進められないって」

昼間に聞いていた話を思い出し、振った。

「ああ、あれか。分かった、明日持ってくる。おまえさんもあれ読み始めたんだな。面白いだろう？」

陽炎が話の合う友達を見つけたとばかりに声をかける。

「ああ、続きが気になって仕方ねえ」

「だよな。俺は今二巡目なんだが、やっぱり同じところで笑うし、感動するな」

百巻近い刊行数の漫画を、陽炎は一度、今出ているところまで読んでいて、次の巻が出るまでの復習として、一から読み返しているのだ。

「シリアスな展開が続くかと思ったら、急にギャグ展開ぶっ込んできて、少し前までのしんみりモードを返せって気持ちになるな」

宵星が言うと、陽炎と同じく、その漫画を読んでいる濱旭も頷く。

そのまま、三人は漫画の話で盛り上がり、そこから「ここにいるメンバーで航海をしたら」というもしも話で、全員で盛り上がってしまい、結局、居酒屋の閉店まで宵星は付き合わされていた。

そしてみんなを見送ってから秀尚と一緒に二階に戻ってきたのだが、

「ごめんね、こんな時間まで付き合わせちゃって」

秀尚は、まず謝った。

「いや、俺も楽しかったし……」

「それならいいんだけど。あ、俺、これからお風呂すませちゃうから、先に寝てて」

秀尚がそう言い、風呂に向かおうとすると、

「あんた、毎日こんな時間まで起きてんのに、朝起きんのも随分早《はえ》ぇけど、体は大丈夫なのか？」

少し心配したような顔で聞いてきた。

「うん。今のところ大丈夫みたい。もうちょっと年を取ったら分かんないけどね。心配してくれてありがとう」

秀尚はそう言うと、

「本当に、先に寝てて」

再び言って、部屋を後にする。

そのままいつもどおりに風呂をすませ——もう少し寒くなると湯船に多少長く浸かるが、今はまだ烏《からす》の行水《ぎょうずい》と言ってもいいレベルだ——部屋に戻ってくると、すでに宵星は眠っていた。

健やかな寝息を立てる宵星に、

「今日はありがとう、お疲れ様」

秀尚はそう声をかけて、自分も布団に潜り込み、眠った。

五

宵星の手伝いは翌日からも続いた。

小さいのにきびきびと働いてくれるので、秀尚は大助かりだし、客も小さい子供が応対するのを目を細めて見守ってくれている感じだ。

「オーダー、ランチA二つ、ペペロンチーノ一つ、ランチセットで」

宵星が取ってきたオーダーを厨房で調理中の秀尚に伝える。

二日程手伝う間に、宵星はメニューを大体覚えて、秀尚がなかなか厨房から出てこられない時には代わりにオーダーまで取ってくれるようになった。

「了解。ごめん、これ、先に入った人に持っていってくれる？」

秀尚はランチ用のサラダを載せたトレイを指差した。

「Bランチの人のとこだな」

「うん、そう」

「分かった」

宵星はトレイを持って客席へと向かう。

——ホント、助かる……。

水とおしぼりを出してくれるだけでも助かるのに、オーダーを取り、自分の仕事が落ち着いたと判断すれば、シンクに溜まった洗い物をしてくれる。

満員で二回転しても大丈夫な程度に食器類は準備してあるが、それでも徐々に皿が減ってくると焦るので、そういう部分も本当に助かっていた。

そしてランチタイムのピークを乗り切ると、あとは秀尚だけでも大丈夫なので宵星の手伝いは終了になる。

「今日もお疲れ様、ありがとう。これ、お昼ご飯」

配膳台の上に準備しておいた宵星用のランチを指差して言うと、

「上へ持っていって食っていいか？　モンスーンの続きが気になる」

宵星はそう聞いてきた。

「いいよ。ゆっくりしてきて」

秀尚が返すと、宵星はトレイにランチを載せ、お茶と一緒に持って二階に向かった。

「新たな看板息子爆誕だな……」

そんなことを呟いた時、会計を頼む声が聞こえてきて、秀尚はレジに向かった。

◆◇◆

「いちばんうえは、あかのぶろっく！」

「あかより、あおのほうがきれいです！」

さて、加ノ屋の定休日がやってきた。

あわいから子供たちがやってきて、秀尚と宵星の二人に絵本を読んでもらう組と、ブロックで作品を作る組とに分かれて遊んでいたのだが、少しした頃、諍うというほどではないが、少し不穏《ふおん》な空気を纏った浅葱と萌黄の声が聞こえてきた。

それに秀尚が絵本を読むのを止めてそちらを見ると、二人はブロックでお城を作っていたようだった。

そして、一番上の屋根を何色にするかで揉めているらしい。

「あかだってば！」

再び主張する浅葱に、

「あおです！」

萌黄もそう対抗して、手に持った青のブロックを無理矢理つけてしまう。

「だめだって！」

浅葱は萌黄がつけた青のブロックを外すと、ぽんっと放り投げてしまった。

それに萌黄はじわっと目に涙を浮かべたかと思うと、

「うぁあ――――ん」

そのまま一気に号泣モードに入った。

普段は本当に仲のいい二人なのに、時々、こうしてケンカをする。

いや、ケンカというほどのことではないのだが、かなりの確率で泣き虫な萌黄が泣くことになるのだ。

「あさぎちゃん、ぶろっくなげるのだめ」

「だれかにあたっちゃうかもでしょ」

側で別のものを作っていた殊尋と十重が浅葱を注意する。

「だって、もえぎちゃんが、かってにあおいのつけるんだもん……！」

浅葱はそう言ってふくれっ面になり、萌黄は自分が悪いと言われたと感じ取り、さらに号泣する。

正直、こういう時、秀尚はものすごく悩む。

そもそもの理由が些細すぎるだけに、浅葱を叱るというわけにもいかないからだ。

――どうしたもんかなぁ……。

と、秀尚が考えている間に、

「ちょっと、待っててくれ」

宵星は実藤に読んでいた絵本を中断して、浅葱と萌黄のほうに近づいていった。

「二人とも、なんでケンカになった？」

宵星が浅葱に聞く。

「もえぎちゃんが、おしろのうえに、かってにあおいのつけたから……」

「でも、ぶろっくなげちゃだめだもん」

殊尋が浅葱の非を再び指摘する。

浅葱は、勝手に青いブロックをつけられて嫌な思いをしたのに、泣き出した萌黄のせいで自分が悪者にされたみたいで悲しくなったのか、

「だって、だって……！」

と言うなり、萌黄と同じように「うぁああーん」と泣き出した。

――あー……、面倒な流れになるかなぁ……。

秀尚はなりゆきを見守りながら、内心でため息をつく。

面倒な流れ、というのは、ここから浅葱派、萌黄派に分かれて主張が続き、最終的に秀尚に判断をゆだねてくる、というものだ。

ここで下手に理由なく片方を支持すると、選ばれなかった側がヘソを曲げて、しばらく――まあ大抵はおやつだのなんだのの時間になれば収まっているが――重い空気が続いてしまう。

そうなると思い空気を感じ取った寿々がむずかって、ミューミューと泣き始めるのだ。

寿々が泣き始めると、長い。

気にしなければいいのかもしれないが、気になってしまう性分なので、寿々に影響が出る

前に収めなくてはならない。

――さあ、どうするか……。

秀尚がそう思った時、

「萌黄が上に青のブロックをつけたくて、浅葱は？」

宵星が冷静に聞いた。浅葱は泣きながら、「ぁ……か……」ととぎれとぎれに答え、それを聞いた宵星はブロックをしまっている箱を引き寄せて少し考えた後、

「赤も青も、一番上に全部乗っけてくには数が足りねぇだろ」

そもそもなことを指摘した。

「半分ずつにするか、数が多い緑か黄色にしたらどうだよ」

宵星の提案に、浅葱と萌黄は泣きながら「はんぶん……？」と不思議そうに聞いた。

「赤と青を、一枚ずつ交互に載っけてくとか、真ん中で綺麗に二つに分けるとか、一列ずつ分けるとか、いろいろあるだろ？　半分ずつなら残ってるブロックでもいけるし、とりあえずいろいろ試して、二人が気に入る載せ方探してみろ」

宵星はそうアドバイスをして、二人の手に赤と青のブロックをいくつか載せてやる。

浅葱と萌黄はまだ泣いていたが渡されたブロックを、とりあえず屋根に載せて、気に入るやり方を探し始めた。

そこまで見守ってから、宵星は待たせていた実藤の許に向かい、続きを読み始める。

——宵星お兄ちゃん、さすがすぎる……。

秀尚が感心した時、

「かのさん、えほんつづき」

「つづきはやく」

秀尚の膝の上に座っていた経寿と、秀尚の隣にちょこんと座って横から絵本を覗き込んでいた二十重からせっつかれ、秀尚も再び絵本を読み始めた。

そして秀尚が絵本を読み終える頃には、浅葱と萌黄はすっかり元どおり仲良しで、二人で相談しながらブロックを載せていた。

その様子に安堵して、秀尚は時計を見る。時計の針は二時を回っていて、秀尚はおやつの準備のために一階に下りた。

今日のおやつはレモンのマフィンだ。

この前のパウンドケーキの評判がよかったので、似た感じでマフィンはどうかと思ったのだ。

ただ、この前と違い、今回は市販のホットケーキの粉を使うことにした。

以前、急遽の買い出しにスーパーに行った時にたまたま福引きをしていて、参加したら当たったのだ。

いつか子供たちに作ってやろうと思ったものの、倉庫にしまってそのまま忘れていたのを一昨日見つけたので、すぐに使わないとまた忘れるなと思って使ってしまうことにしたのである。

ボウルに卵を割って入れ、軽く溶きほぐしてから砂糖を加え泡立て器で混ぜる。混ざったところで牛乳とレモン汁を加えてさらに混ぜ、そしてホットケーキの粉を入れて、粉っぽさが少し残る程度まで混ぜる。

そこに溶かしバターを加えて滑らかになるまで混ぜれば生地はでき上がりだ。

マフィンカップに生地を流し込み、一八〇度に余熱しておいたオーブンで十分焼く。

その間に耐熱皿に薄い輪切りにしたレモンとレモン汁、それから砂糖を入れて軽くラップし、二分ほど加熱する。

オーブンに入れた生地を一旦出し、レンジで加熱した輪切りのレモンを一つずつ載せ、今度は十五分焼き、焼き上がったら取り出して耐熱皿に残ったレモンシロップを熱いうちにハケで塗ればでき上がりだ。

「うん、いいんじゃないかなー」

焼き色は満足できるもので、あとは味だが、市販の粉を使っているのでハズレはないだろう。

秀尚は普段あまり市販の粉を使うことはない。

頭の中に粉のレシピが入っているし、仕事で一通りの材料が揃っているので、すぐに作れてしまうからだ。

だが、市販の粉は優秀で、ネットにもそれを活用したレシピがたくさん載っていてすごいなと改めて思った。

さて、使ったものの後始末をし終える頃には粗熱も取れ、トレイにマフィンを載せて二階に戻り、おやつの時間だ。

「これなに？」

「はじめてみる！」

「ずっと、いいにおいしてました」

子供たちが目を輝かせ、鼻をスンスンさせながら聞いてくる。

「これはマフィンっていうお菓子。今日はレモン風味にしてみた」

秀尚が言うと子供たちは顔を見合わせた。

「れもん……」

「すっぱいおやつなの？」

レモンといえば酸《す》っぱいと相場が決まっているので、子供たちは多少不安げな顔になる。

基本子供たちのおやつは「甘いもの」をメインに出していたからだ。

おやつは、一食の量が少ない子供たちのための、第四の食事、という意味もあって、甘いものでなくともいいのだが、秀尚が「おやつ＝甘いもの」で育ったため、子供たちに出すものも甘いものに偏《かたよ》りがちで、子供たちにも「おやつ＝甘いもの」が定着してしまっていた。

「ちょっと酸っぱいけど、ちゃんと甘いよ」

秀尚が言うと、子供たちは安心した顔をして、マフィンが配られるのを待つ。

「えーっと、すーちゃんは……」

今回は蜂蜜を使っていないので寿々にも同じものを出すつもりだったのだが、いつも寿々を入れたスリングを下げている萌黄は、それを外していた。

「すーちゃん、おひるねちゅうです」

そう言って、寿々の昼寝場所として使われている座布団を指差す。

「ああ、寝ちゃったのか。じゃあ起きたら食べてもらうことにして、みんな先に食べようか」

秀尚の言葉にみんないい子で「はーい」と返事をし、いただきます、をして食べる。

無論、宵星も一緒だ。

「ふわってしてて、おいしい！」

「あまくてすっぱい！　でもおいしい」

子供たちが耳と尻尾をフルフルさせながら笑顔で言う。

「おいしい？　よかった」

秀尚もそう言ってマフィンをかじる。

「うん……イケるじゃん」

試作をするには粉が足りなかったので、今回はぶっつけ本番だったが、いい出来だった。

「うん、おいしいです」

「かのさんのつくるの、ぜんぶおいしい」

その言葉に頷いた十重が、

「だから、こんどのけーきもたのしみ！」

そう言うと、二十重も頷いて、「ねー」と笑い合う。

「うすあけさまに、くりと、かぼちゃと、おいものはいったぱいを、おたんじょうびにつくってもらうっていったら、ぜいたくですねって」

稀永が秀尚に報告する。そして何かを思いついた様子で、宵星を見た。

「よいぼしおにいちゃん、たんじょうびないいんだよね？」

その言葉に、宵星は頷いた。

「おたんじょうび、ないの？」

初めて聞いた豊峯が確認するように聞いた。

「いや、生まれたから誕生日はあるんだろうが……知らねえってだけだ」

宵星の言葉に、子供たち全員がかつての誕生日がないと知った日の絶望を思い出す。

「ぼくたちも、まえは、おたんじょうびなかったの」

「だからかのさんが、つくってくれたんだよ」

実藤と経寿が言い、

「おたんじょうびがわからなかったら、おたんじょうびのけーきは、いつたべるんですか？」

真剣な顔をして萌黄が聞く。

「誕生日のケーキってのは食ったことはねえが……」

その後おそらく、普通のケーキなら食べたことがあると続けようとしたのかもしれないが、子供たちは、ケーキを大手《おおで》を振って食べられる日がない、ということにいたく同情した様子で、

「じゃあ、よいぼしおにいちゃん、こんどぼくたちといっしょにたんじょうびしようよ！」

稀永がいきなり提案した。

「あ？」

宵星は戸惑いありありの様子だが、

「あー、それすごくいい！」

「よいぼしおにいちゃん、いっしょにおたんじょうびしよ！」

籤引きで誕生日を決めた子供たちは宵星を置いてけぼりにして、盛り上がる。

「かのさん、よいぼしおにいちゃんも、おたんじょうび、いい？」

二十重が聞いてくるのに、秀尚は、

「俺はかまわないよ、これから準備するんだし。でも、宵星お兄ちゃんも急に言われてもすぐには決められないから、少し待ってあげなきゃ」

と、急展開すぎてついてこられない様子の宵星を気遣って、時間稼ぎをする。

秀尚の言葉に、子供たちは、「じゃあ、まつ」と言ったのだが、これまでに作られた誕生日ケーキの詳細を宵星に語って、自分たちの月に誘い入れようとプレゼンを始めた。

そうこうする間に、話題はおいしかったおやつの話に流れ、そこからまた脱線してモンスーンの話になり、おやつを食べ終わった。

おやつの後は、またみんな好きに過ごすのだが、秀尚がおやつに使った皿などを一階で洗って戻ってくると、子供たちは昼寝タイムに入っていた。

萌芽の館ではご飯の後、外遊びを少ししてから昼寝の時間が設《もう》けられているが、加ノ屋では子供たちの好きに過ごさせているので、特にその時間は設けていない。

眠くなった子は勝手に寝てしまう、という感じだ。

だが今日はみんなが寝ていて、宵星が一人、漫画を読んでいた。

「みんな、寝ちゃったんだ？」

小声で宵星に聞くと、

「寝不足みたいだぞ」

「寝不足？」

「昨夜、すげぇ雷《かみなり》が鳴ってて、怖くてなかなか寝られなかったんだってよ」

と教えてくれた。

「そうだったんだ……。みんな寝ちゃってるんだったら、俺、下で夕食の仕込みしてくるね」

「ああ」

宵星の返事に、何かあったら教えて、と言い置いて秀尚は階下に戻り、夕食の準備に取りかかった。

そして数分後。

漫画を読み耽っていた宵星だが、ある異変に気づいた。

ずり、すり、と何かが擦《こす》れるような音が聞こえてきたのだ。

不審に思い、音がした方向に目を向けた宵星は、

「え……？」

戸惑いのあまり、声を漏らした。

なぜならそこには、小さな人の姿の――けれども耳と尻尾がちゃんとある――赤ん坊が、裸で畳の上を這《は》っていたからだ。

非常に愛らしい赤子ではあるが、見たことがない。

だが、その赤子は宵星を見つけると、まっすぐに這ってきた。

這うといってもお腹と足をペタンと畳につけたずり這いの状態で、手の力だけで近づいてくる。

にこにこ笑って近づいてくる赤ん坊は非常に愛らしい。

愛らしいが、

──誰だ、これ……。誰か、もっと子供になっちまったのか？

頭の中はとにかく疑問しかなく、今いる子供の数を確認するが、全員スヤスヤ寝ていた。

──みんないる、よな……？

そこまで思った時、赤ん坊がとうとう近くまでやってきて、宵星の足に触れた。

だが宵星がどうすればいいのか分からなくて固まっていると、反応のなさに赤ん坊はそれまでにこにこしていた顔を急に歪《ゆが》めて泣き出しそうになった。

それに宵星は慌てた。

「ちょ……ちょっと待て、泣くのは待て。みんな寝てるから」

言葉を理解したわけではないだろうが、宵星が反応したのが面白かったのか、赤ん坊はまたふにゃっと笑い、宵星の足をてしてしと叩く。

「どうしたいんだよ、つか、おまえ誰だよ」

宵星は問うが、赤ん坊は自分のしてほしいことをしてくれないのが分かったのか、また泣きそうな顔をする。

「だから待て、ほんと、待て」

とりあえず、この部屋で泣かれたら子供たちが起きてしまう。

そう思った宵星はとにかく下にいる秀尚の許に連れていこうと思って、赤ん坊を抱こうとしたのだが、

「うわ……柔らかすぎて怖《こえ》ぇ……」

これまで赤子など抱いたことのない宵星は、その柔らかすぎる感触と、どこをどう抱けばいいのか分からないのとで、おっかなびっくりの逃げ腰になりつつも、とにかく抱き上げた。

そしておそるおそる階段を下り、

「なあ、ちょっと、知らねぇ赤ん坊、出てきたぞ」

階段の一番下の段から、調理中の秀尚に声をかけた。

その言葉に秀尚は顔を上げ、階段にいる宵星と宵星が不慣れすぎる手つきで抱いている赤ん坊を見た。

「あ、すーちゃん」

秀尚の言葉に、宵星は抱いた赤ん坊を見る。

「すーちゃんって……寿々か？」

「うん、そうだよ。すーちゃん、変化《へんげ》しちゃったのか」

秀尚は大して驚いた様子も見せずに言いながら近づいて、宵星から寿々を抱き取った。

「あんなチビでも変化《へんげ》するんだな……」

驚いた様子で言う宵星に、

「すーちゃん、今二度目の赤ちゃん時代を送ってるからね」

秀尚は笑いながら言う。

「二度目の？」

怪訝な顔をする宵星に、

「詳しい説明は、ちょっと後でいい？　俺、すーちゃんのロンパースとか取ってくる。さすがに裸は風邪ひいちゃうから」

秀尚はそう言うと、寿々を店の客席の畳席に連れていき、座布団を置いてそこに一旦寝かしつけた。

宵星もついてきてくれたので、ものを取りに行く間、様子を見ていてほしいと伝え、秀尚は二階に戻ると、子供たちを起こさないようにそっと寿々が変化《へんげ》した時のための紙おむつとロンパース——時雨が可愛いのを見つけては買ってきている——、それから人間の赤ん坊用のスリングを持って下りた。

宵星は、どうしていいのか分からない様子ながらも、寿々が泣き出したりしないように手で狐を作り、パクパクさせて相手をしていた。

「おまたせ。すーちゃん、宵星お兄ちゃんに遊んでもらえてよかったね」

秀尚はそう声をかけて二人の許に戻る。

宵星は少しほっとした顔をして場所を空け、秀尚はありがとう、と言ってそこに腰を下ろし、手早く寿々に紙おむつをつけ、ロンパースを着せる。

「あんた、手慣れてんな」

「そう？　でも、まあ確かに『慣れた』っていうのは正しいかな。すーちゃん、そんなに頻繁じゃないけど、人間になっちゃうことがあって、その時はこうやっておむつをしてあげないといけないから」

秀尚はそう答えて、寿々を膝の上に座らせる。

「すーちゃんは、前はもう少し大きくて、浅葱とか萌黄たちよりは小さかったけど、お喋りもちょっとできたし、変化《へんげ》も、そんなに安定しないけどできてたんだ」

秀尚はそのまま、以前あわいの地に餓鬼が出たこと、その餓鬼によって保育狐の薄緋が子供に戻り、寿々も赤ちゃんになってしまったこと、餓鬼に襲われた時に寿々と手を繋いでいた萌黄が寿々を助けられなかったことに、ものすごく責任を感じて傷ついたことなどを話した。

「ああ、だからいつもあいつが、寿々を抱いてんのか……」

宵星は納得したように言った。

「最初は責任感と罪滅ぼしっていうのかな。そういうのでやってたみたいだけど、今はすーちゃんのお世話が好きでやってるって感じ。前は他の誰にもすーちゃんを触らせない、くらいの感じで全部自分でしょい込んでたところがあるんだけど、今は自然に他の子に託《たく》したりもしてるし……」

だからといって、萌黄がもう責任を感じなくなったというわけではないが、今は自分を責めるというよりも、あのことがあって、萌黄の中になにがしかの自覚ができた感じがする。

「萌黄と浅葱は双子なんだろ？」

確認するように宵星が聞いてきた。

「うん、そうだよ」

「双子なのに違うところが多いって思ってたんだが、それが理由か……」

その言葉に秀尚は首を傾げた。

「うーん……俺が初めて会った時から、あの二人は結構違ってたな。浅葱は足がすごく早くて、外で動き回りたがるけど、萌黄は足は遅いほうで、外で遊ぶより家の中で絵本を読みたがる。その代わり萌黄はひらがなの読み書きは完璧だし、カタカナは半分だけ読める感じだけど、浅葱はひらがなが半分くらいってところだから」

「典型的な武闘《ぶとう》派と頭脳派だな」

「でも二人とも頑固《がんこ》なところは一緒だし、ハンバーグが大好きなところも一緒だよ。十重ちゃんと二十重ちゃんにしても、十重ちゃんは活発で二十重ちゃんはおっとり、食べ物の好みも違うけど、好きな色とか模様とかは大体一緒」

秀尚はそう言ってから続けた。

「俺、身近に双子っていなかったから、双子って大体なんでも同じだと思ってたんだ。けど実際には全然違うなーって思う。まあ、それぞれが一人の人間……じゃなくて狐だから違ってて当たり前なんだろうけど」

だが、その秀尚の言葉を聞いて、宵星はなぜか少し考え込むような顔をしたが、どうかしたのかを秀尚が聞くよりも早く、

「寿々はあんたに任せちまっていいか」

「ああ、うん、ありがとう」

「じゃあ、上に戻る」

宵星はそう言って二階に戻るために畳席から下り、階段のほうに向かう。それを秀尚は呼び止めた。

「あ、宵星くん」

「あ？　なんだよ」

宵星は足を止めて振り返った。

「お誕生日の件だけど、決めたりしなくていいからね。ただ、子供たちの手前ちょっと話を

合わせる程度はしてくれたら助かるかな」

秀尚の言葉に宵星は口元だけで笑うと、返事はしないで二階に戻っていった。

——なんていうか、ちっちゃいのに行動がいちいちイケメンなんだよなぁ……。

イケメンな行動といえば冬雪もそうなのだが、冬雪とはまた違うクールさが魅力、という感じがある。

「イケメンは、ちっちゃい時から行動もイケメンなのかな？　すーちゃんはどう思う？」

膝の上に抱っこした寿々に聞いてみる。

寿々はまったく分かってない様子だが、自分の名前に反応したのか、ふにゃっと笑う。その様が可愛らしくて、

「可愛い子も、小さい時から可愛いんだよなぁ……」

笑顔に癒されつつ秀尚はそう言うと、寿々をスリングに入れて抱き、厨房に戻った。

◆◇◆

さて、今週は加ノ屋が二日連続定休日の週に当たるため、翌日も子供たちが来た。

相変わらず、宵星お兄ちゃんは大人気だった。

宵星は、明日も子供たちが来る、と聞いて戸惑いを隠せない様子だった。

その表情から、やはり小さい子たちがたくさんいると騒がしくて嫌なのだろうかと思って、

「あー、もし子供たちがうるさかったりして、煩わしいなら、もういっこの部屋に行ってくれててかまわないよ。宵星くんが勉強してるって言ったら、子供たちも遠慮すると思うし」

秀尚はそう言ったのだが、宵星は頭を横に振った。

「そうじゃねえよ。あんたの休む日がねえじゃねえか」

「そうでもないよ？　店のある日と違って、全然休んでるし」

「十人以上の飯の準備を三食整えて、夜は夜で連中の酒のアテ作って？　それで週に一回か二回、店だけは休みって？　体、保《も》つのかよ」

どうやら秀尚の体を心配してくれているようだ。

「心配してくれてありがとう。俺も、大丈夫かなって自分で思って、前に月に一度だけ、子供たちも来ないし夜もおやすみって日を作ってみたことがあるんだ。でも、全然落ち着かなかった。時間を持て余して、かえって落ち着かないっていうか……」

それに、店の定休日は水曜、そして隔週で火曜も休み、という形にしていたのだが、それでは客に分かりづらくなることから、第一、第三週のみ火曜も休みという形に変えた。

そうなると子供たちの来る日が少し減ってしまうことになった。

「なんていうか、休みの日は適当にご飯作って一人のんびりってのが癒されるって人も多いと思うけど、俺はみんなが来てるほうがにぎやかで楽しくて癒されてんだなーって改めて

思って。だから現状でって思ってる。まあ、年を取ったら体力的にそうもいかなくなって、考えなきゃいけないことも出てくるとは思うけどね」

秀尚がそう言うと、宵星は、

「あんたが納得してんなら、それでいいけどよ。くれぐれも無理はすんな」

そう気遣ってくれて、その言い方も表情も、やっぱりイケメンで、秀尚は、

——宵星くんが大きくなったら、冬雪さんといい勝負しそうだよなぁ……。

こっそりとそんな呑気なことを思った。

そして今日もにぎやかに子供たちとの一日が順調に過ぎ、夕食はちょっと楽をしてカレーにした。

「にかいにいても、かれーのいいにおいがしてたー」

「きょうは、なんのかれー？」

店の畳席に集合した子供たちが聞いてくる。

秀尚もそうだったが、カレーは子供の人気メニューの一つだ。

「今日はシーフード。エビさんとか貝さんとかのカレーです。じゃあ、みんな手を合わせて……『いただきます』」

秀尚がかけ声をするのに合わせて、子供たちも手を合わせて「いただきます」をして食べ始める。

「んー、おいしいー」

「えびさん、ぷりぷりしてます！」

「いかさん、やわらかい」

あちこちで歓声が上がる。

何でもおいしく食べてくれるいい子たちだなぁと思っていると、宵星は一口食べて何か物思いに耽るような顔をしていた。

「宵星くん、カレー、苦手だった？」

彼にカレーを出したことはこれまでなかった。

子供たちが来た時の定番の昼食であるうどんも、今回は連続してカレーが外れていたし、店のメニューからも先月と今月はカレーも、カレー風味の別の料理も外していた。

なので、苦手なものだったのかもしれないと心配して聞いたのだが、宵星は頭を横に振った。

「いや……いつもどおり、うめえけど……甘い」

「あー、子供向けに甘めに作ったから」

店用にカレーを作る時とは違い、今回は市販のルーも使って甘めに仕上げていた。どうやら宵星はすでに子供用カレーは卒業した味覚らしい。

「ごめんね、味、ちょっと変えようか？」

店で出すカレーに使うカレー粉やスパイスを入れれば、甘みは多少抑えられるのでそう聞いてみたが、

「いや、これはこれで、うめぇよ。ただ、思ってたのと違って驚いてんのと、エビやイカやら入っててんのは初めて食った」

宵星はそう言って、二口目を口にする。

「カレーってレパートリーが多いから。豚がメインのもあれば鶏がメインのもあるし、野菜だけっていうのもあるし……。でもこのあたりで一番多いのはやっぱり牛かな。あと、グリーンカレーとか、レッドカレーとか、スパイスをたくさん使ったものもあるしね」

秀尚が言うと、宵星は軽く息を吐いた。

「そんなにいろいろあんのか」

「うん。カレー、興味あるんだ？」

「興味があるっていうか……、まあ、そうかもしんねぇな」

どこか曖昧な返事をしたのは、ごまかすためか、それとも自分でもどういう気持ちなのか分からないからか気になったが、秀尚はスルーすることに決める。

宵星との関係は今のところ順調とはいえ、そこまで突っ込んで聞いていいかどうか分からなかったからだ。

「じゃあ、飽きない程度にいろんなカレー作って出そうか？」

秀尚が言うと、宵星は、

「手間じゃねえのか？」

そう聞いてきた。

「全然。じゃあ、二、三日おきくらいに作るよ」

「悪ぃな」

「むしろ、楽なメニューだから、気にしないで」

秀尚が笑いながら言うと、宵星も少しだけ口元を緩めて、カレーを口に運び、

「うん……、やっぱりうめえけど、甘い」

そう言って笑った。

六

「やっぱ、甘いカレーより普通のカレーが俺はいいな」

二日後、昼の賄いに秀尚が作ったカレーを食べながら、宵星は言った。

カレーと言っても、秀尚的には「カレー風」と言いたい代物だ。

それというのも、今日も加ノ屋は繁盛していて、二種類準備する日替わりランチのどちらかが多少なりとも残ることもあるのだが、今日はランチタイム終了を待たずに両方とも売り切れ、二種類のランチにつけるポトフが残っただけだった。

そこで秀尚は、そのポトフをカレーに作り替えたのだ。

「今日のをカレーってカウントしていいかどうかはちょっと疑問だけど」

苦笑しながら秀尚もカレーを食べる。

ランチタイムが終了し、客が一旦全部引けたところだ。

「いや、普通にカレーだし、うめえ」

宵星はそう言ったが、

「カレーって、種類が多いってこの前言ってただろ?」

続けて聞いてきた。

「うん。種類も多いし、一つの種類に絞ってもレシピが膨大にあるって感じかな。使う香辛料の組み合わせとか、合わせる量とか、そういうのも入れたら無限大って感じ」

「無限大……」

「だから、楽しいってところもあるんだけどね」

秀尚はそう言ったが、宵星はどこか途方に暮れたような表情をしているように見えた。

「……食べたいカレー、あるの？」

流れ的にそういうことかなと思って聞いてみると、宵星は、

「食べたいっつーか……、まあ、昔の思い出みてぇなもんだ」

そう言って皿に残ったカレーを再び食べ始める。

それは、これ以上は話さない、という意思表示のようなものだ。

――昔の思い出、か……。
七、八歳に見える宵星だが、実際の年齢はもう少しいっているだろう。
稲荷の素質を秘めた者たちはみんな成長がゆっくりで、寿命も長い。

あわいの地の子供たちにしても、三から五歳に見えるが、生まれてから七、八年は経っているらしいのだ。

――見た目年齢の二倍で計算したとしても十四から十六……、六歳頃に食べたものだったら、充分思い出の味になるか……。

秀尚がそんなことを考えている間に宵星は食べ終えた。

「ごちそーさん」

「お粗末《そまつ》さまでした」

「じゃあ俺、二階へ……」

行ってくる、と宵星が続けかけた時、裏庭に通じる戸が開いた。

そして入ってきたのは暁闇だった。

相変わらず薔薇の花弁を撒き散らしたらしく、服についていた。

「暁闇……」

呟いた宵星の声は強張っていた。

「元気にしてたか宵星」

言いながら厨房の中に入ってくる暁闇を宵星は睨みつけた。

「てめぇ……よくも悪びれもなく顔を出せたもんだな……」

宵星の声は震えていた。怒りをこらえようとしているようだったが、抑えきれない感情は
その次の瞬間一気に爆発した。

「『元気にしてたか?』だと? しゃあしゃあと……! ああ、元気にしてたさ、おかげさまでな! てめえの顔を見なきゃ、今日も一日ご機嫌に過ごせただろうよ!」

宵星はそう言うと、暁闇がいないほうの配膳台の端をするっとすり抜けてそのまま階段へ

と向かう。

「宵星っ！」

その後を暁闇がすぐさま追おうとしたが、秀尚は暁闇の腕を咄嗟に掴んで止めた。

「待って！」

「何をする……」

暁闇は少し苛立った声で言い、腕を振って秀尚の手を解こうとするが、秀尚はもう片方の手でも掴んで離されまいとしながら言った。

「宵星くんは、ここに置いていかれてから今まで、彼なりに今の状況を納得して受け入れようと頑張ってた。急に自分を置いていった暁闇さんを見て、その時の感情が蘇《よみがえ》って、今は気持ちの整理がつかないだけだと思うから、今は少し一人にしてあげてください」

秀尚の言葉に、暁闇は一つため息をつくと、

「宵星の世話を見てくれたことには感謝している。だが、俺たちのことに立ち入らないでもらいたい」

突き放すように返してきた。

その言葉に、秀尚は軽くキレた。

「はぁ？　立ち入るな？　もう充分立ち入ってるっつーの！　そんで立ち入らせたのはあんただってーの！」

秀尚はそう言ってから、自分を落ち着かせるように長めの息を吐いた。そして、

「これ以上立ち入るなって言うなら、そうする。それで、宵星くんを今すぐ連れ帰るって言うんですか？　だったらそれでもいい。けど、話をこじらせるだけこじらせてまた宵星くんを置いてくってことになるなら、今は俺の言い分、通してもらいます。……宵星くんとは、互いの距離感ってもんを掴みかけてるところなんです。今後のことを考えても、今、無理に話をするのは得策じゃない」

まっすぐに暁闇を見て言った。

暁闇は何も言わず、二人の間で沈黙の攻防戦が始まる。

「……腕を、離せ」

沈黙を破ったのは暁闇のほうだった。

「宵星くんを、今はそっとしとくって約束してくれるなら、離します」

秀尚はそう言ったが、仮に秀尚が離さなくても、彼なら離させることは簡単なはずだ。腕力の差だけではなく、人ならぬ力を使えば容易だからだ。

だが、

「君の言い分を呑もう」

暁闇はそう言った。その言葉に秀尚は手を離す。

「必ず、話し合える時間を作ります」

秀尚の言葉に暁闇は無言で頷いた。

そしてそのまま帰ろうとしそうな暁闇に、

「……帰る前に、裏庭の花びら、掃除してってください」

秀尚がそう言うと、暁闇は奇妙な間を置いた後、ああ、と言うと、裏庭へと続くドアから出ていった。

――ちゃんと片づけてってくれたか、後で見よ……、それから宵星くんは……。

様子を見に行こうかと思った時、店に客が入ってきた。

それは数人のグループで、全員が軽食のセットを注文し、その客の注文をさばき終える頃、また新しい客がやってきて、結局閉店まで秀尚は店から離れることができなかった。

――今から様子だけ見に行くってのもアレだし、夕飯作って持ってくか……。

秀尚は冷蔵庫を開け、手早く作れそうなものを見繕う。

「すぐ作れるのは炒めものと揚げもの……っと、豚肉ときのこをオイスターソースで炒めて、ミンチがあるから油揚げの中に肉ダネとチーズ挟んで揚げて……、あとは汁物……豆苗と卵で中華風スープ……でいいかな」

もう少し凝ったものも作りたいが、とにかく今は早さを優先し、秀尚は調理に取りかかる。

作り始めれば三十分足らずで料理は揃い、秀尚はすべてを大きなトレイに載せて二階に向かった。

部屋の前で一度トレイを廊下に置き、声をかける。

「夕飯持ってきたから開けるよー」

そう言って襖を開け、トレイを持って中に入る。

宵星は、ここに来た時と同じようにまた膝を抱え、そこに額を押し当てて座っていた。

その様子に、すぐに声をかけたい衝動に駆られたが、とにかく今は「いつもどおり」に進めるほうがいいと判断して、机の上に持ってきた料理を並べる。

そして並べ終え、秀尚はいつもの自分の場所に腰を下ろすと、

「暁闇さんは帰らせたから、ご飯にしよ」

そう言って、いただきます、と手を合わせ、先に食べ始めた。

「帰らせた？　あいつを？　あんたが？」

顔を上げた宵星が驚いたように問う。

「だって、宵星くんの承諾《しょうだく》も取らずにここに連れてきて、仕事が終わったんだか何だか分かんないけど、勝手にアポなしで来て、察するところ宵星くんにまた無理通すっぽい感じだったじゃん。それで、宵星くんを連れて帰れるならまだしも、無理でまたここに置いてくってなったら、超機嫌の悪くなった宵星くんを相手にすんの俺じゃん。そういうのメチャクチャ困るし。だから帰ってもらった。あと、また薔薇の花びら撒き散らしたっぽいからそれも掃除してって言っといた」

平然と答える秀尚に、宵星はあっけにとられたような顔をした。

「あんた、怖いものなしだな……七尾相手に……」

「尻尾が七本でも十本でも関係ないよ。ここ、俺の家だから、俺がルールだし」

「そうかもしれねぇけど、普通はビビるもんだろ？　そもそも、毎晩、稲荷が酒飲みに来てるってこと自体普通じゃねぇって分かってるよな？」

呆れ顔で聞く宵星に、秀尚は、

「まあ、それは冷静に考えたらすごいことになってんなーって思うことあるよ。うーたん……宇迦之御魂神様だっけ、正式には。あの子もしばらくうちに来てて、一緒に住んでたくらいだしね」

こともなげに秀尚は言う。

だが宵星は出てきた名前に驚きさえ通り越したような顔をした。

「御魂、様……」

どうやら宵星はうーたんが自分たちの主《あるじ》だと知っているらしい。

「うん。ちなみに、宵星くんが今寝てる布団で、うーたん、寝てたから」

客用の布団は一枚しかない、そのため、必然的にそうなったのだが、

「御魂様が寝てた布団……、恐れ多すぎて今夜から眠れねぇ……」

宵星はそう言い、口から魂が出そうな勢いで長いため息をついた。

その宵星に、

「とりあえず、冷める前に食べて。油揚げの中のチーズ、冷めたら固まっちゃっておいしくなくなっちゃうから」

秀尚は言って食事を促す。

衝撃すぎる発言を聞いた宵星は、いろいろどうでもよくなったのか、素直に定位置につくと、いただきます、と言って食事を始めた。

◆◇◆

「今日、暁闇さんが戻ってきました」

その夜の居酒屋で、秀尚は集まった常連稲荷たちの前で報告した。

「戻ってきた……？　おまえさんが知ってるってことはここに来たんだな？」

陽炎が問うのに、秀尚は頷いた。

「そうです。ランチタイムが終わった頃に来て……」

「それで、宵星くんは？　帰ったのかい？」

冬雪が少し心配そうに聞き、それに秀尚は頭を横に振った。

「いえ、まだうちに。……ちょっとひと悶着ありかけたんで、とりあえず暁闇さんには帰ってもらいました」

「宵星くん、今、どうしてんの？　また、来た時みたいに貝になっちゃってたりとか？」

濱旭も心配なのか、不安げな様子で聞いてくる。

「暁闇さんが来た直後はそうだったんですけど、夕ご飯持っていって、帰らせたって言ったらちょっと落ち着いたみたいです。あと、うーたんがここにいたことを教えたら、いろいろ考えが吹っ飛んだ感じっていうか……。布団も、うーたんが寝てたやつだって言ったら、恐れ多くて眠れないから俺のと交換しろって迫ってきたから、とりあえず替えてあげましたけど……」

秀尚が言うと時雨がため息をついた。

「そりゃそうよ……、アタシたちだって御魂様のお姿を見るのさえ普段は稀《まれ》ってくらいなんだから、その御魂様が滞在されていた場所で、しかもお眠りになってた布団だなんて……とんでもない僥倖《ぎょうこう》よ？」

「そういう時雨殿は、御魂様の寝かしつけをして、添い寝してたわけだよね？　うらやましいなぁ……」

濱旭がわりと本気でうらやましがるのに、時雨は、

「この人生っていうか狐生《きつねせい》っていうか……とにかくマックス幸せだったわ……」

当時を思い出し、うっとりとした顔をする。

「では、宵星くんは今は落ち着いているんですね」

景仙が今の宵星の状況を確認した。

「そうですね、表面上は、そう見えます。内心じゃ、いろいろ葛藤《かっとう》もあると思いますけど……とりあえず、夕食も食べてくれたし……」

心配は尽きないが、今は「いつもどおり」にしておくのがいいと秀尚は判断した。

だからこうして普段どおりに宵星を二階に残し、居酒屋を開店しているのだ。

「暁闇殿が来た時のことを、少し詳しく話してくれんか？」

陽炎が秀尚に言う。

「詳しくって言っても……十分足らずのことですよ。急に来て、宵星くんは驚いたのもあったんだろうけど、ここに置いてかれた時のこと思い出したのかメチャクチャ怒って、二階へ行っちゃったんです。それを追いかけようとした暁闇さんを引きとめて、帰ってもらったってだけで……」

秀尚は説明したが、

「暁闇殿がそうやすやすと引き下がるわけがないだろう？　おまえさん、一体何をしたんだ？」

陽炎がはしょった部分を聞き出そうとしてきた。

「別に、何もしてないです。ただ急に来られて、宵星くんが動揺してるから時間をくれって言っただけで」

「またまた、言っただけで引き下がるような奴じゃないってことはよく分かってる。まだ続きがあるだろう？」

陽炎はニヤニヤしながら続きを促す。

どうやら「どうやって暁闇を追い返したか」に興味があるらしい。

「……連れて帰れるならそれでいいけど、結局、話をこじらせるだけこじらせて宵星くんを置いて帰るんだったら、迷惑だって言ったんです」

秀尚の言葉に全員が「信じられない」という顔をしたが、唯一陽炎だけが、

「さすがおまえさんだ！　いやいや七尾相手に啖呵《たんか》を切って撃退するとは、あっぱれじゃないか」

痛快《つうかい》だ、といった様子で笑う。

「陽炎殿、笑ってるけど、どれだけ加ノ原くんが無茶をしたか分かってる？」

冬雪が眉を顰《ひそ》めて言うのに、

「分かってる、分かってる。命知らずなことをやったもんだ。やっこさんを怒らせてたら、おまえさん今頃こうしてここにはいないぞ」

陽炎はやはり笑いながら言う。

「もう、笑って言う話じゃないわよ。わりと危ないことしたのよ？　秀ちゃん」

時雨が心配そうに言い、隣に座す濱旭も神妙な顔をして頷いた。

「宵星くんにも、怖いものなしだなって呆れられました」

秀尚はそう言った後、すぐに続ける。

「でも、俺は自分が絶対的に正しいとは言わないけど、少なくとも間違ったことは言ってないって自信があるし、来た当初の宵星くんの様子とか見てたら、今、無理に暁闇さんと一緒に帰らせるのはよくないって思ったんです。自分の都合だけで勝手にここに連れてきて、連絡もなしに戻ってきて、無理に連れ戻すなんて、宵星くんのことを心配してるようで心配してないって感じがして。……実際、暁闇さんだってそう思ったから、大人しく帰ってくれたんだと思うし」

心配していないとは言わないし、暁闇にとっては、自分が不在の間預けただけであって、帰ってきたのだから連れて帰るのは正しいという認識だっただろう。

けれど、その正しさは宵星の気持ちを無視したものだ。

また宵星が嫌な思いをするかもしれない。それは嫌だった。

「加ノ原殿は、本当にまっすぐな方ですね」

景仙が感心と、そして仕方のなさの入り混じったような表情で言った。

「まあ、だからこそ御魂様も秀ちゃんがお気に入りになったんでしょうけど」

時雨がため息交じりに言う。

「でも、いつまでもこのまま宵星くんを預かるわけにもいかないだろう?」

冬雪がもっともなことを聞いてきて、秀尚も頷いた。

「それは分かってます、でも、あの拒絶っぷりを見たら、今は絶対無理って感じで……。無理に帰らせたところで、二人の間に遺恨《いこん》が残る勢いっていうか……宵星くんのほうに、暁闇さんへのわだかまりがあるのは確実なんですけど……それがここに置いてかれたからってだけには思えないんですよね」

秀尚の言葉に陽炎が腕を組み、ふむ、と思案げに呟く。

「本人に聞ければ早いんだが……今日は下りてこないだろうな」

「今日はって言うか、居酒屋が始まってたら基本下りてこないですよ」

宵星は常連稲荷たちと過ごすのは嫌ではないみたいだが、基本的に居酒屋の時間には来ない。

たまにしばらくの間いることはあるが、それは一番乗りでやってきた陽炎と漫画の話で盛り上がっているうちに時雨が来て、そのまま時雨にホールドされて二階に戻れなくなってのことだ。

やはり、見た目年齢小学校低学年ともなると、誰かの膝の上、というのは避けたいものらしい。

そう考えると、中身は大人のままで平然と時雨の膝の上に座っていた薄緋のメンタルは、やはりすごいなと思わざるを得ない。

「そもそも、暁闇さんがどうしてここに宵星くんを預けたのか、その理由も分からないわけだし……そのあたりの事情とも、なんか絡んでる気もするんですよね」

「とはいえ、聞いたところで、どっちも話してくれそうな気はしないよねぇ……」

冬雪が呟く。

そのまましばし沈黙が続いたが、

「ねぇ、大将。暁闇さんを追い返したのは分かったけど、もう来ないってわけじゃないよね？　いつかは迎えに来るんでしょ？」

濱旭が聞いた。

「うん。話し合える時間を作るからとは言いましたよ。でも、まだそのことを宵星くんには伝えてない。さすがに今日は無理だったから……」

「それもそうですね。少し落ち着いてからのほうがいいでしょう」

秀尚の言葉を聞いて景仙が同意する。

「とはいっても、暁闇殿をそう長く待たせることもできんだろう」

陽炎が腕組みをしたままで言う。

「そうなんだけど……、ずっと暁闇さんを避けるわけにはいかないってことは宵星くんも分かってると思うんです。だから、一度ちゃんと話をしないとってことは伝えようと思うんですけど、その話し合いをいつにセッティングするかが問題っていうか……。揉めることだけは確実だと思うんですよね。そうなった時のことを考えて、仲裁できる誰かがいたほうがいいなら、夜の居酒屋の時間のほうがいい気もするし、でも、兄弟間の繊細な話だったら知れたくないだろうし……かといって、店の営業中に兄弟ゲンカされても困るし……」

頭を悩ませる秀尚に、

「それなら、あわいから子供たちが来てる時がいいんじゃないか？」

そう提案したのは陽炎だ。

「修羅場必至なのに、ですか？」

秀尚は怪訝な顔で問い返した。

「だから、だ。何かあっても、子供たちは宵星のことを気遣うだろう。事情が詳しく分かる相手よりは分からない相手のほうが気が楽だろうし、宵星も子供たちがいれば割合すぐに気分転換できそうな気がするんだがな」

「子供たちを修羅場に巻き込むのは気が進まないんですけど……」

世の中では日々いろんなことが起きる、ということは分かっている。

けれど、できれば子供たちにはそういうことにあまり遭遇《そうぐう》せずに過ごしてほしいと思うのだ。

「まあ、これも修業の一つだ。いろんな『感情』のあり方を知るというのも、将来、立派な稲荷になるためには欠かせないことだからな」

陽炎の言うことはもっともだと思う。思うのだが、

「なんか……陽炎さんが言うと、いまいち信じきれない……」

秀尚は一抹《いちまつ》の不安を漏らす。

「まったく、失礼な奴だな」

陽炎はそう言ってきたが、まったく失礼だとは思っていないのが口調から分かる。

「いや、加ノ原くんの不安はもっともだと思うよ」

笑いながら冬雪が返し、濱旭と時雨も頷く。景仙は苦笑するのみだが、頷くのは陽炎に対して失礼だと思うからできないというだけのことだ。

「最速だと、子供たちが来るのは今度の水曜、か……。立ち会ってあげたいけど、アタシ、その日会議だからちょっと抜けるの無理だわ」

時雨がカレンダーを見ながら言う。

「俺も出張だから……夜は来られるけど、ごめん」

濱旭も言った。

「大丈夫ですよ、俺一人でも、多分……」

秀尚はそう言ったが、

「それはダメだよ。今でも加ノ原くんに任せっきりになっちゃってるけど、暁闇殿も宵星く

んもこっちの業界なんだから、こっちからも一人くらい立ち会わなきゃ」

冬雪が言い、自分の胸元から小さな帳面を取り出してめくる。

「今度の水曜は……ああ、僕は本宮のほうだ……、早めに終わったら来られるかな」

「私と陽炎殿はあわいの警備ですが……誰かに代わりを頼めればどちらかは伺うことができると思います」

景仙がそう言って陽炎に視線をやる。

「俺が何とか都合をつけて、来られるようにしよう」

陽炎がそう言ってくれ、とりあえず当日は何か起きても陽炎がフォローしてくれることになった。

もちろん、宵星に話し合いの承諾を取る、という任務が秀尚には残ったわけだが、翌日、店のピークが過ぎて賄いを食べている時に、話し合いの件を切り出してみると、宵星は意外にも簡単に承諾してくれた。

「本当にいいの？　嫌なら断っていいよ？」

あまりに簡単に承諾するので、やけでも起こしているんじゃないかと心配になって聞いてみたのだが、

「かまわねえ。ずっとこのまんまってわけにゃいかねぇってことは、ちゃんと分かってるからな」

そう返してきた。

ただその時の様子というか表情が、納得しているように見えるのに、なぜか胸騒ぎがした。

「……無理してない？」

秀尚はもう一度聞いてみる。それに宵星は、

「ああ」

軽く返してきて、秀尚もそれ以上は追及できなかった。

「分かった。じゃあ、今度の水曜日に来てもらうことにするね」

秀尚が言うと、宵星はただ黙って頷いた。

——本当に大丈夫かな……。

不安はあるが、宵星が承諾しているのだし、このままというわけにはいかないことは秀尚も分かっている。

その夜、居酒屋にやってきた陽炎を通して、暁闇に水曜の午後に来てもらうように伝えた。

そして、あっという間に水曜が来た。

子供たちと一緒に昼食を取り、暁闇と約束した時間に裏庭に出てみんなで暁闇を迎える。

今日は陽炎が立ち会う予定だったのだが、代わりを頼んでいた稲荷の都合が悪くなり、結局来られなくなってしまった。

『その代わりと言っちゃあなんだが、ちゃんと目を残していくから、何かあればすぐ駆けつ

ける』

と言ってくれて、今も残した『目』でどこからか見ているだろう。

みんなで庭で待つこと数分。

以前、陽炎が描いた魔法陣は消えてしまっているのだが、まるで地中から滲み出るようにして文様《もんよう》が光って浮かび上がり、まばゆい光が起こるのと同時に、薔薇の花弁が舞った。

——うわー、やっぱ花びら撒くんだ……。

半分以上呆れて秀尚は派手な登場を見守るが、十重と二十重は降ってくる花弁に再び大興奮した。

「わぁぁぁ、きれい……！」

「みんな、ひろって！」

降ってくる花弁を見てうっとりする二十重の隣で、十重が他の子供たちに花弁拾いの手伝いを頼む。

それにみんながしゃがんだ時、暁闇が風を起こすと、この前のように花弁を集め、今度は持参したらしいハンドルのついた籐《とう》の籠《かご》に入れて、十重と二十重に渡した。

「はい、可愛いお嬢さんたち」

口元に笑みを浮かべ、暁闇は言う。

半仮面をつけていても分かる圧倒的イケメン感に十重と二十重は見た目にも明らかにとき

めきつつ、

「「ありがとうございます」」

綺麗にハモってお礼を言った後、

「このまえのはなびら、ちゃんとぽぷりにしたの！」

「もいすとぽぷりっていうのにしたの！」

と無邪気に報告する。

「楽しんでもらえて何よりだ」

暁闇はそう言ってから視線を秀尚へと向けた。

「約束より、少し遅れた。すまない」

五分足らずの遅れだが、それを謝罪してきたのに、秀尚はとりあえず驚く。

「別に、大丈夫です」

秀尚がそう返した時には暁闇の視線はすでに、秀尚の隣にいる宵星に向けられていた。

宵星は目を逸らさずに暁闇を見ていたが、表情は硬かった。

——そりゃ、この前の今日、だもんな……。

とはいえ、宵星も承諾してのことだ。

「とりあえず、中へどうぞ」

秀尚はそう言って中に入るようにみんなを促した。

子供たちには二階の秀尚の部屋に行くように言い、宵星には暁闇と一緒に本が置いてある部屋に行くように告げる。

「お茶持って俺もすぐ行くから」

秀尚が言うと、宵星は黙って頷き先に階段を上っていく。その後を暁闇もついていった。

秀尚は手早く二人分のお茶を淹れて階段を上り、宵星と暁闇のいる部屋に向かう。

部屋の前で失礼します、と声をかけ、引き戸を開けると二人は向かい合って座っていたが、気配がすでに重かった。

「えーっと、とりあえずお茶です。……それで、俺、出てたほうが?」

出てろと言われるのは分かっていたが、念のため聞いてみた。案の定暁闇は、

「そうしてくれ」

と、言ってきて、秀尚は宵星を見たが宵星も黙って頷いた。

「分かった。じゃあ……。ちゃんと『話し合って』くださいね」

秀尚はそう言って部屋を後にする。

戸が閉まると、部屋は宵星と暁闇の二人だけになった。

とはいえ、どちらもすぐに口を開かず、沈黙だけが重く横たわる。

先に口を開いたのは暁闇のほうだった。

「納得してないおまえをここに置いていったのは、悪いと思っている」

その言葉に宵星は返事をせず、ただ黙ったままだ。

「だが、おまえのためだった。あのまま本宮に置いておくことはできなかった。おまえのことが露見《ろけん》すれば、おまえがどうなるか……おまえを守るためだったということは、おまえも分かるだろう」

暁闇は言葉を続けたが、宵星は自分の膝を見つめたまま、無言を押し通す。

再び、沈黙が二人の間に横たわった後、また暁闇が口を開いた。

「おまえがつらい状況に置かれていることは、俺とて理解している」

その言葉を聞いた途端、それまで無言を保っていた宵星が暁闇を睨みつけ、怒鳴った。

「何でもできる兄貴に分かるわけねぇ！」

そう言った後、さっきよりも深く俯いた。

膝の上に置いた手や、肩が震えて、内にある強い感情を必死で押し殺そうとしているのが暁闇にも分かる。

それと同時に、すべてを完全に拒否する気配があって、暁闇はかける言葉も見つけられなかった。

だが、何とかしたいと悩んだ末に、それは起きた。

ポトン、と何かが畳の上に落ちる小さな音が一つ聞こえた後、続けていくつもの音が俯く宵星の耳にも届き、やがてそれの一つが宵星の目の前に落ちてきて、音の正体を悟る。

それは、飴玉《あめだま》だった。

ぽとんぽとんと雨のように次々降ってくる飴玉を認識した瞬間、宵星はぶち切れた。

「……泣く子には飴玉ってか？　馬鹿にすんな！」

すっくと立ち上がり、怒鳴りつけた宵星はそのまま部屋を出るため戸を開ける。

「「あ……っ」」

小さな声を立てたのは、部屋の前の廊下に座って、明らかに部屋の様子を窺っていた秀尚と子供たちだ。

宵星は唇を噛みしめ、秀尚と子供たちの横をすり抜け、階段へと向かう。そのすぐ後を暁闇が追おうとしたが、

「わぁぁぁ！　あめ、いっぱい！」

「ほんとだ、あめいっぱいある！」

戸から逆流してなだれ込んでくる子供たちに行く手を遮られる。

大興奮ではしゃぐ子供たちの中、真っ先に我に返ったのは浅葱だった。

「みんなはあめをひろってて！　もえぎちゃん、いこう！」

浅葱はそう言うと、寿々を抱いた萌黄の手を取り、宵星の後を追いかけていく。

宵星が裏庭に出ていったのは、厨房にある扉の開閉音で分かっていた。

浅葱と萌黄の後を、秀尚と暁闇も追う。

だが秀尚は裏庭へと続く扉の前で足を止め、暁闇を見た。

「……二人の間にどんな問題があったのかは分からないし、必要がないなら知ろうとも思わないです。でも……暁闇さんが何を言っても、今はダメだと思う。時間が必要なんです、きっと」

体の傷と違って、心の傷は、どの程度で治るのか分からない。

秀尚自身、あわいの地に迷い込んだ時には表面上は普通にふるまえても、心の奥底ではずっと職場で起きたトラブルのことで悩んでいた。

ふっきれたのは、自分の気持ちと向き合えたからだ。

それだって、自分一人でできたわけじゃない。

陽炎に厳しくも正しい助言をされて、考えることができたからだ。

考えて鬱々《うつうつ》とした時もある。

だが、そのおかげで自分がどうしたいのか分かった。

宵星が自分と同じだとは思わない。

けれど、少なくとも今の宵星に時間が必要なことだけは分かった。

暁闇は強引に扉を開こうとせず、ただ黙っていた。

秀尚は一つ息を吐き、音を立てないように裏庭の扉を開ける。

裏庭の隅で、宵星はこちらに背を向け、座り込んでいた。

その両脇には浅葱と萌黄がちょこんと座っている。

何を話しているというわけでもなく、ただ座っているだけの二人だったが、そのうち浅葱が口を開いた。

「あ、あそこにありさん」

「ほんとうだ、ありさんです。ぎょうれつしてます……」

三人が座る少し先に蟻《あり》が行列を作っていた。

「なにかおいしいものみつけたのかな」

「きっとおやつです。もうすぐおやつのじかんですから」

「きょうのおやつなにかなぁ……」

「ちゅうぼうに、こむぎこがありました。きっとこむぎこのおかしです」

萌黄が探偵っぷりを発揮して、どこか自慢気に言う。

「こむぎこのおかしって、なんだろ……」

「……ぱんけーきです。かのさんのおてつだいで、ぱんけーきのもとを、ぐるぐるしたことあります」

「ぱんけーき、ぼくだいすき」

「ぼくもです」

「おやつはやくたべたいなぁ」

「おなかすいてきました」

萌黄がそう返した時、浅葱はあることを思い出した。

「あ、そうだ。あめがあるよ！」

浅葱はそう言うと、服の袂《たもと》から、さっき拾った飴玉を手のひらに取り出す。

「ぼくも、もってます」

萌黄もそう言うと、寿々のいるスリングから、やはり拾っていた飴を取り出した。

「よいぼしおにいちゃん、どれたべる？」

「こっちのからえらんでもいいですよ」

二人が宵星の前に飴を差し出す。

正直、小麦粉のくだりあたりから、悩む気を殺《そ》がれていた宵星は、一つ息を吐くと、浅葱の手のひらにあった丸い飴玉を一つ手に取る。

「それでいいですか？　こっちにぐるぐるのあめもありますよ？」

萌黄は柄のついた渦巻き飴を指差して言う。

「いや、かまわねえ」

そう言うと宵星は飴を口に放り込む。

それを見て浅葱と萌黄もそれぞれ自分が選んだ飴を口に入れる。

「あまーい」

「あまいです……」

幸せそうに二人が言う。

その何とも平和な光景に、

「飴を食べ終わる頃には、戻ってきます。しばらくそっとしておいたほうがいいです」

秀尚はそう言うと暁闇に中に入るように促す。暁闇は何も言わなかったが、秀尚と一緒に中に戻った。

◆◇◆

「一番ダメなタイミングでデバガメ見つかっちゃったってわけね」

その夜の居酒屋で今日の顛末《てんまつ》を報告した秀尚に、時雨が呆れ半分笑い半分で言った。

「そういうことです」

あの時、お茶を出した後、階下に戻ろうとした秀尚だったがどうしても気になって、そっと外で中の様子を窺っていた。

だが、暁闇と宵星のことが気になったのは子供たちも同じらしく、部屋を出てきて、みんなで中の気配を窺っていたのだ。

とはいえ、暁闇が何か喋っているのは分かったが、明瞭に聞き取れなかった。

そのうち、宵星が「兄貴に分かるわけねえ！」と怒鳴ったのが聞こえたが沈黙があり、それからぽとぽとと部屋中に何かが落ちる音が聞こえ始めたかと思えば、「馬鹿にすんな！」の声と共に宵星が出てきたのだ。

「メチャクチャ気まずかったですけど、浅葱と萌黄のおかげで助かりました……」

結局あの後、飴玉を食べ終えた頃合いで浅葱と萌黄はそれぞれ宵星と手を繋いで厨房に入ってきた。

厨房でおやつの準備をしていた秀尚は何もなかったように三人を迎え入れた。

「……兄貴は」

低い小さな声で宵星が聞くのに、

「ああ、帰ったよ」

軽く返し、宵星が何か言うより先に、

「そろそろおやつだから、三人とも上に行ってみんなを呼んできて。手を洗ったらお店に集合、分かった？」

三人に指令を出す。

「「はーい」」

浅葱と萌黄は声を揃えて返事をし、宵星と一緒に二階に向かった。

その後はもういつもどおりで、みんな何事もなかったように——とはいえ、拾った飴を一旦全部集めて、そこからみんなで分けるという楽しい作業にきゃっきゃしていたが——過ごして帰っていった。

宵星も、子供たちがいたことで気が紛れたらしく、秀尚が居酒屋のために下りる時には、いつもどおり漫画を読んでいた。

もちろん、胸の内は分からないが。

「じゃあ、まだ当分、宵星くんはここに？」

冬雪が問うのに秀尚は頷いた。

「そうなると思います。まあ、お店のお手伝いしてくれてるから、俺としては助かってるんで問題ないんですけど……、宵星くんのことを考えたらいつまでもここにってわけにもいかないでしょうし……」

「考えたところでしょうがない。どうやったところで、本人の問題だ。牛を水飲み場まで連れていくことはできても、無理に水を飲ませることはできんからな」

陽炎がそう言った時、裏庭へと通じる扉が開いた。

視線をやると、そこにいたのは暁闇で、来ると聞いていなかった秀尚は驚いた。

「おお、暁闇殿じゃないか。今、昼間の顛末を聞いていたところだ」

暁闇は無言で厨房に入ってきた。そして秀尚と顔を合わせるなり、

「昼間は、すまなかった」

頭を下げるわけではなかったが、謝罪を口にした。

「いえ、別に。宵星くんは今は落ち着いてる感じで、二階にいますけど、会うのは無理です」

秀尚が言うと暁闇は、ああ、と頷いた。

「まあ立ち話も何だ、座るといい。詰めればもう一つくらいイスを置けるだろう」

陽炎はそう言って少し脇に自分のイスを寄せる。それに全員が少しずつ詰めて、スペースを作った。

「それで、今夜はどうした」

暁闇が座ると、陽炎が切り出した。

それに暁闇は少し間を置くと、

「……事情を話しておいたほうがいいかと思ってきた」

どこか疲れた様子で言った。

「宵星くんの？」

確認する冬雪に暁闇は頷いたが、まだどこか少し悩む様子でしばらくの間黙し、ややあって覚悟を決めたように口を開いた。

「宵星は、俺の双子の弟だ」

その言葉に秀尚は驚いた。

「え……、双子？」

「ああ。本来のあいつは七尾の稲荷で、俺と同じく黒曜殿の許で任務についている」

「双子……なのに、え？　年、全然違うって言うか、見た目は成長しない的な？」

秀尚は何が何だか分からなくて頭がこんがらがった。

「いや、普通に俺と同じ大人の姿をしていた。黒曜殿の許で、俺は単独任務がほとんどだが、あいつは俺と違って小隊を率《ひき》いる立場だ。その任務中に不測の事態が起きて、隊の大半の者が怪我を負った。もちろん宵星も怪我を負ったが、怪我をした者の中には瀕死《ひんし》の者も出た」

「瀕死……」

危ない任務につくことがあるとは聞いていたが、誇張でもなんでもなかったのだと改めて秀尚は思う。

「すべての隊員の報告から、宵星に非がないことははっきりとしたが、隊長を務める自分が不測の事態に対応できなかったからだと、自分自身を責めて、殻に閉じこもって……結果、ある朝、目が覚めたら子供の姿に……」

そこまで言って、暁闇は言葉を切った。

「そんなこと、あるんですか？　そりゃ、薄緋さんだって子供の姿になっちゃったことはあるけど、あれは餓鬼に力っていうか生気っていうか、そういうのを吸われてのことだったし……今回はそういうわけじゃないでしょう？」

腑《ふ》に落ちなくて秀尚は聞く。

「呪詛《じゅそ》だ。宵星自身が自分にかけた。だから、他の者には解くことができない」

暁闇はそう言った後、少し間を置いて続けた。

「九尾ならば呪いを解くことが可能かもしれないが、白狐様や黒曜殿の知るところとなれば、そういう事態に陥《おちい》ったことで黒曜殿の許から外されることになるかもしれない。そのため、宵星が子供の姿になったことを知られるわけにはいかなかった。だが、俺が任務についている間のことが気がかりで、とはいえ本宮やあわいに置いておけば他の者に知られる可能性が高くなる。だから、ここに預けた」

初めて聞く話に秀尚は驚いたが他の常連稲荷たちも同じだった。ただ、一人を除《のぞ》けば。

「元々、繊細なとこのある子だったものね」

時雨だ。

「時雨殿、知っていたのか」

陽炎が驚いた顔で問う。

「見習い稲荷だった頃に見知ったって程度よ。だから、ここでその時の姿に近いあの子を見た時は驚いたわ。あの頃とは名前も違ってたし……」

そう返す時雨に、

「じゃあ、暁闇殿のことも知ってたの？」

濱旭が問う。

「いいえ。暁闇殿は、先に見習いから上がってたから……。兄弟でも能力差があれば葛藤があるけど、双子だとさらにね。本人もそれを気にしてたみたいだったわ」

時雨が静かに答える。

「でも、双子って言っても、実際にはそれぞれの個性がありますよね、十重ちゃんと二十重ちゃんだってそうだし、浅葱と萌黄も違うところ結構あるし……」

秀尚は言いながら、いつだったか宵星と似たようなことを話したことがあるのを思い出した。

確か、寿々が変化《へんげ》した時だ。

双子のそれぞれの個性の話をした時に、なんだか気まずいとまではいかないが、微妙な空気になったことを覚えている。

――自分と、暁闇さんのことを重ねてたのか……。

あの時、不用意に変なことを言わなかっただろうかと秀尚は心配になったが思い出せない。

思い出せないでいる秀尚の思考を遮るように、

「俺のほうが先に見習いから上がったからと言って、宵星が俺より劣《おと》っているなんてことはないし、むしろ宵星には俺よりも優れたところが多くある。ただ、本人がその長所を意識していないだけだ」

暁闇はそう言うと、

「まず、あいつは俺と違って情が深い。面倒見がいいから、誰からも慕われている。あと、歌もうまい。酒に強《したた》かに酔って失敗したこともないし、報告書を書くのもうまいし、書もうまい」

と宵星のいいところを挙げていく。

「和歌を詠ませてもなかなかのものだし、囲碁、将棋も結構な腕前だ」

「いや、それ、本人の前で言ってやれよ」

陽炎が突っ込むが、

「言っている。何度も言っているが、そんなこと何の役に立つんだと言われて終わりだ……」

そう暁闇は肩を落とす。

――この人、飲んでたっけ？　まだ、飲んでなかったよね？

そんなことを秀尚が思っていると、

「まさか、暁闇殿がブラコン属性だったとはね」

冬雪が、爽《さわ》やかに明るく笑って言った。

まったく悪気はないが、聞きようによってはディスっている内容に暁闇がキレるんじゃないかと思ったが、

「ブラコンの何が悪い。おまえらも元々の宵星と接すれば俺の気持ちが分かる」

暁闇はそう開き直り、

「俺は隊の規定でしばらく本宮詰めの任務だ。会えずとも、宵星の様子を聞きに毎晩来る」

そう宣言すると、翌日の夜から、本当に毎晩やってきた。

もちろん、ここのルールにのっとって自分の飲む酒を持ってきたが、持ち込んだのはワインだった。

「今夜はスペインだね」

銘柄を見て冬雪が産地を当てる。

「ああ。フランスは多少飲み飽きた感があるからな。最近は日本のワイナリーのものも、なかなかだが」

言いながら、やはり持参したチーズを口に運ぶ。

そんな二人のやりとりを聞きながら、ストレスを溜めている稲荷が一人いた。

時雨である。

「ちょっと、本気で毎晩来るのやめてよ！　アンタが来ると宵星ちゃんがここに寄りつきもしないのよ！　せっかくアタシの膝の上が指定席だって覚えさせたのに！」

キレた時雨が発した言葉の中に気になる文言を聞き取った暁闇は腰を浮かせた。

「時雨殿の膝の上、だと？　どういうことだ」

その言葉に時雨は携帯電話を取り出すとささっと操作し、自慢げに画面を暁闇に見せた。

「ほぉら、ごらんなさい。アンタの激ラブな宵星ちゃんを！」

無論、そこに写っているのは時雨の膝の上で死んだ魚のような目で座っている宵星の姿だ。

「……！　宵星……」

尊《とうと》い、と言い出しかねない様子の暁闇を、陽炎、濱旭の二人はやや引き気味に見つめ、冬雪は「兄弟が仲いいって、いいねぇ」などと呑気に言い、景仙は表情には出さないものの、陽炎たちと同じく引き気味だ。

「時雨殿……この写真を、俺にも譲ってくれ。呪詛であの姿になったというのに不謹慎だと思われるだろうが、仲が良かった頃のあいつを思い出して……。言い値を出そう」

本気モードの声に、

――いや、目が死んだ魚みたいになってるけど、そこはいいのか？

秀尚は胸の中で突っ込む。

「仕方ないわねぇ……ああ、こっちにもあるわ。これ別の日ね、パジャマ姿」

新たな写真を繰り出してくる。

「いくらだ、言え」

「そうねぇ、現金のやりとりも無粋だし、これと別のもう一枚とセットで、大吟醸《だいぎんじょう》一本で手を打つわよ」

時雨がにっこり笑って言う。

「うわー、随分と足元を見てくる……」

「えげつない……」

陽炎と濱旭が呟くが、

「分かった。では明日」

暁闇はあっさり承諾した。

——OKなんだ……。っていうか、自分が撮ればすむ話なんじゃ……。

秀尚のその疑問は冬雪も同じだったらしく、

「纏まった話を壊すつもりはないけど、暁闇殿が写真を撮ればすむんじゃないのかい？　すでに大きくなっちゃったっていうなら無理だけど、まだそうじゃないんだし……」

冬雪が言うと、

「俺のデジカメ貸すよ？」

濱旭も援護射撃する。

だが、それに暁闇は頭を横に振り、ため息をついた。

「それは俺も考えた。……だが、こっそり撮ったのがバレたら、多分一生口をきいてはくれないだろう……」

そう言って遠い目をする。

——ブラコンっていうか、これ、こじらせてるよな、絶対。

そう思っても秀尚は絶対に口にはせず、でき上がった料理を配膳台に運ぶ。

「お待たせしました、鶏肉と白菜の味噌煮です」

そう言って置こうとしたが、配膳台の上がいっぱいだった。

「ああ、ちょっと待って、グラスとか寄せちゃうから」

時雨はそう言って大皿を置くスペースを開ける。

「ホント、一人増えたら狭いったら」

そんな嫌味を言ってみたりもするが、時雨が暁闇とのやりとりを楽しんでいるのも知っているので、誰も窘《たしな》めたりはしないし、暁闇も気にしてはいない。

ただ秀尚は、

――でも、実際問題として、配膳台が手狭なのは感じてるんだよね……。

昼の営業中でも、もう少し大きかったら、と思うことが増えていて、少し考える。

――大きいのに買い替えるとか？

今使っている配膳台は前の店主が使っていたものをそのまま受け継いだ。

本体そのものは木製なのだが、足の部分とテーブル部分にステンレスの板で加工がしてある。

業務用の配膳台となると結構いい値段がするので、店主が昔馴染みの板金職人に頼んで加工してもらったらしい。

なんだか思い出と言ってはおかしいが、買い替えることでそういう部分が消えてしまいそうで、胸がもやっとする。

——何かいい手はないかな……。

考えた秀尚の頭に、ふっとある人の名前が浮かんだ。

——ああ、そうだ、それがいい。

秀尚は自己完結し、再び別の料理を作り始めた。

七

二日程過ぎた昼過ぎ。

もう間もなくランチタイムも終了という頃合いに一人の客が新たに入ってきた。

「こんにちはー」

関西弁特有の柔らかなイントネーションの青年の姿を見て、レジにいた秀尚は笑みを浮かべた。ホテルで働いていた時の同僚で、今も親しくしている神原《かんばら》だ。

「神原さん。いらっしゃいませ」

「まだ、ランチ残ってる？」

笑って聞く神原に秀尚は頷いた。

「Bランチが残ってます」

「そしたら、それ。飲み物はホットコーヒー、食後で」

「分かりました」

秀尚がそう言って厨房に戻ろうとすると、宵星がいつもどおり水を入れたコップとおしぼりを準備していたが、

「知り合いなら、あんたが行くか？」

そう聞いてきた。

「ううん、お願いしていい？」

秀尚は宵星に任せ、厨房の中に入った。

そして手早くランチを作り、神原の許に運んでいく。

「お待たせしました、本日のBランチのポークジンジャーステーキのセットです」

「わ、めっちゃ肉、分厚い。うん、ショウガのええ匂いしてる」

「どうぞ、ごゆっくり」

秀尚はそう言って下がろうとしたが、

「また、子供預かってるん？」

さっき水とおしぼりを運んできた宵星のことを聞いてきた。

「ちょっと、わけありで」

秀尚が返すと、神原は「そうなんや」と言っただけで、ランチを食べ始めた。

相変わらず、神原は秀尚が話そうとしないことは聞き出そうとはしない。

――気にならないわけじゃないと思うんだけど……神原さんのこういうところ、不思議なんだよな……。

根掘り葉掘り聞き出そうとしない態度は助かるのだが、黙っていることへのちょっとした罪悪感のようなものも感じる。

とはいえ、聞かれても答えることができるのはごくわずかで、つじつまが合うように話そうとすればそれは「嘘」になる。

それはそれで心苦しいだろう。

なら、答えることができない、という現状を取るほうがいい。

——いつか、いろいろ話せたらいいとは思うけど……。

そんなことを思いながら厨房に戻る。

時計を見るとランチタイムを五分過ぎていた。

「宵星くん、Bランチの豚肉残ってるから、昼ご飯それでいい？」

今日のランチはポークジンジャーステーキのセットと、鶏胸肉とブロッコリーのトマト煮のセットだったのだが、女性客が多かったので、鶏胸肉に人気が集中した。

やはりヘルシーに思えるほうを選ぶ傾向が強いようだ。

とはいえ、残った豚肉も一枚だけなので、ほぼ完売と言っていいだろう。

「ああ。けど、あんたの分は？　一枚しか残ってねぇだろ？」

宵星が気遣って聞いてくる。

「俺は卵でオムレツ作るから」

普段、ランチが残らなかった時の賄いのメインは秀尚の場合、大体が卵料理になる。それが一番簡単だし、卵は常備しているからだ。

「じゃあ、半分ずつにしようぜ。そうすりゃ、どっちも食える」

宵星がそう提案してくるのに、秀尚は親指を立てた。

「さすが宵星お兄ちゃん、それ、乗った」

秀尚の返事に宵星は、ふっと笑ってみせる。

大人びた表情だと思うが、実際問題、大人なのだ。

暁闇から、宵星が本当は大人なのだと聞いたということは宵星にも伝えてある。

その時に、秀尚は一応聞いた。

宵星のことは、これまで子供だと思っていたので、子供を相手にするような態度を取ってきたが、それは「知らなかったから」のことで、知った上でも同じようにするのは馬鹿にしているように取られかねないし、宵星も気が悪いかもしれない。

だから、大人——つまり居酒屋に来る大人稲荷たちに対するような態度に変えようか、と。

その時に宵星から返ってきたのは、

「あんた、子供相手の時と大人相手の時と比べても、子供相手のほうが若干ソフトってくらいで大して変わってねぇだろ？」

という言葉だった。

「別に今のまんまでかまわねえよ。あわいから子供らが来たら、ヘンに思うだろうし」

もっともな理由もつけられ、結局、秀尚は宵星と今までどおりの関係を築《きず》いている。

といっても、中身が大人だと分かったので、今まではほとんどの時間を一人で過ごさせることに退屈じゃないかとか気を揉むこともあったのだが、大人なら一人で対処できるだろうと気遣わなくてよくなった分、楽だったりもする。

——まあ、暁闇さんとの和解っていう、根深い問題は残ってるわけだけどさ……。

だが、その部分に秀尚が不用意に入り込んでいいとも思えなかったし、今のところ、基本ノータッチだ。

——時間が解決してくれるってこともあるし……。

もっとも稲荷神感覚の時間のスパンだと、秀尚がおじいちゃんになっているかもしれないが。

——まあ、それはそれでいいか……。

お気楽に考えながら昼食の準備を整えたところで、先に入っていた客がレジを、と声をかけてきた。

宵星に先に食べておくように伝え、会計をすませた客が帰り、皿を下げていると、神原も食べ終えたところだった。

「コーヒー、中でもらうわ。かまへん？」

もう神原しかいなかったし、今日来てくれたのは秀尚が相談事を持ちかけたからで、そしてその相談事というのは厨房でしかできない。

「もちろん。どうぞ」

秀尚が言うと、神原は自分が食べた料理のトレイを持って秀尚と一緒に厨房に入った。

「ご飯食べてる時に、ごめんなー」

丸イスを三つ重ねたところに座り――安定感は多少損なわれるが、そうしないと座高の関係で食べづらい――配膳台で昼食を食べている宵星に神原は声をかける。

「いや、別に……」

多少戸惑った様子を見せる宵星に、

「俺が前に働いてたホテルの同僚で、神原さん」

そう紹介してから、

「それから、友達から今ちょっと預かってる宵星くんです」

神原に宵星を紹介する。

「はじめまして、神原です」

神原は柔らかく笑って名乗った後、

「『宵《よい》の明星《みょうじょう》』から？　名前」

宵星に聞いた。

「え？　明星が何ですか？　食品会社の、あれ？」

なんとなく聞いたことのあるフレーズだが、明星と言えば食品会社の名前しか浮かばなくて秀尚は首を傾げる。

「違う、違う。『宵の明星』って言うんは、金星《きんせい》のこと。水、金、地、火、木……って惑星の並びあるやん？　あれの金星」

神原の説明に秀尚は頷いた。

「ああ、はい」

「夜になって最初に光る星が金星やねん。それが『宵の明星』。ヨイボシの漢字が、『宵の星』って書くんやったら、そうかなって思てんけど、違うんかな」

確認するように、神原は宵星のほうを見て問う。

「いや、それ……」

「そうなんや。変わってるけど、ええ名前やなぁ」

神原はそう言ってから、配膳台を見た。

「大きぃしたいっていうのん、これやんな？」

「そうです。幅があと三十センチあったらって思うんですけど」

配膳台を大きくしたいと思って相談相手に浮かんだのは、ＤＩＹが趣味の神原だった。

「いいサイズのサイドテーブルがあったらそれを買い足して、と思ったりもしたんですけど、サイズが微妙すぎるんで見当たらなくて。だったら、板を買ってきて作るのが早いのかと思ったりしてるんですよね」

秀尚の言葉に神原は少し考えるような顔をしてから聞いた。

「据え置きで三十センチ大きなったら、動線の邪魔にならん？」

「多少は、多分」

「それやったら、跳ね上げ式の天板つけたら？　使う時だけ広げて、使わん時は下げといたら邪魔にならへんし」

新たな提案をしてくれ、それに秀尚は目を輝かせた。

「あ、それいいですね」

「そしたら、今日、大きさ測って帰って、材料準備して今度来た時に取りつけるわ。そんでええ？」

「もちろんです」

「材料費はレシートで精算してもろて、手間賃はランチとデザートで」

神原はそう言ってから、コーヒーを自分で入れ始める。

「あ、すみません、気がつかなくて」

「かまへんよ、勝手知ったるなんとかやし」

神原は笑って言って、

「加ノ原くん、ご飯まだなんやろ、お客さん来る前に食べて」

と、食事を勧める。

「じゃあ、お言葉に甘えて」

秀尚は宵星の隣に腰を下ろし、食べ始める。

コーヒーを入れた——客用のではなく、秀尚がよく飲むインスタントだ——神原もはす向かいにイスを置いて腰を下ろすと、宵星を見た。

「宵星くん、小学生やろ？　今、何年」

そう聞くのに、宵星は戸惑った。

自分の外見では何年生くらいが適当か分からないからだ。それを悟った秀尚が、

「今、二年生です」

と、先に返す。

「小二かぁ……。その頃の思い出っていうたら、九九の七の段が何でか覚えられへんかって、暗記試験の時にどうやって凌ぐか真剣に悩んだことくらいやなぁ」

懐かしそうに言ってから、

「宵星くんは、九九全部言えるん？」

と聞いた。

「ああ」

宵星が短く答えると、

「インドやと、二けた同士も覚えるらしいねん」

そんなことを言った。

「マジですか？」

秀尚が問うと、

「どこまでかは分からへんけどな。今からやと覚えるにしても限界あるけど若いうちやったらなんとかなるから、宵星くんも時間あったらやっといたほうが将来、なんか役に立つかも。もしくはそろばん。あれ、上級者になったらそろばんなかっても、三けた同士でも頭の中のそろばん弾いて計算するやん？　最強やんな？」

緩い口調で言う。

宵星のことをあれこれ聞くかと思っていたが、やはりそうではなく、宵星が参加できるような話をぽろぽろっとしながら配膳台のサイズを測り、コーヒーを飲み終わると、

「そしたら、ホームセンター行くから帰るわ」

そう言って帰っていった。

神原が帰ってから、宵星が、

「なあ、あの人、今日、客で来たんだっけ？　それとも、あんたの招待？」

そう聞いてきた。

「一応、お客さんのような、けど俺が相談あるから来てって頼んだから招待かな。なんで？」

不思議なことを聞いてくるなと思って問うと、宵星は呟くように言った。

「いや……、ランチ代もらわなかったと思っただけだ」

「あ……、ナチュラルに忘れてた」

神原は、いつもちゃんとお金を払って帰る。

おそらく彼も忘れていたのだろう。

「まあ、いいや。お世話になってるし、今度もお世話になるし」

コーヒーも、賄い用のインスタントを飲ませてしまったし、と思っていると、

「太っ腹だな」

そう言って宵星は笑った。

◆◇◆

「ええっ！　配膳台大きくしちゃうの？」

その夜、居酒屋に一番乗りしたのは時雨だった。

今日は所用で会社を定時前に上がったらしく、そのまま早めに居酒屋にやってきて——夕食後の皿洗いをしてくれていた宵星がとっ捕まり、現在、相変わらず死んだ魚のような目で時雨の膝の上である。

——無理もないよな、成人稲荷メンタルなんだし……。

「配膳台が大きくなっちゃったら、『狭いからアタシの膝の上に』が使えなくなるじゃない……」

呟く時雨に、

「問題はそこなのかよ……」

心底呆れた声で、宵星は言う。

「心の癒し的な重要問題なの。まあ、おチビちゃんたちは座高的な問題があるから膝の上合法だけど、アンタくらいになると、ちょっと高いけど普通のイスでもギリＯＫみたいなところあるじゃない……困ったわ……」

そう言ってため息をつく時雨に、

「店やってる時も、ちょっと手狭になってきてて、何とかなったらなって思ってたんですよ」

秀尚が言うと、

「仕事に影響出ちゃってるなら仕方ないわね。ああ……、アンタをこうやって膝の上に乗せてられるのも、もう少しで終わりなのね……」

時雨はしみじみした様子を見せたが、

「俺は、ほっとしてる」

宵星は即座に返した。それに時雨は、

「もう、可愛くないんだから」

そう言って笑う。それから、不意に思い出したような顔をして、

「アタシ、アンタに謝んなきゃなんなかったの、忘れてたわ」

そう言った。

「謝る？　何をだ？　俺を膝の上に乗せてる件なら、下ろしてくれりゃすむ話だぞ」

その宵星の言葉に、時雨は、

「下ろすわけないでしょ。見習いの頃よ。模擬戦闘で、アンタに怪我させたわ……」

少し神妙な面持《おもも》ちで言った。

――模擬格闘なのに、本気でやりそうになっちゃって……――

以前、何かの時に時雨がそんなことを言っていたのを、秀尚は思い出した。

その時に、艶《あで》やかな容姿の時雨だが、意外にも武闘派だったんだなと知った。

「アンタしばらく治療院に入っちゃって、その間に配置換えがあったから、顔を合わせなくなっちゃって、謝る機会がないまんまここまで来ちゃってたから」

「しばらく治療院にって、入院したってことですよね？　そんな大きな怪我をさせたんですか？」

時雨の言葉に秀尚は少し驚いて問う。

「いや、大事を取らされたってだけのことだ。せいぜい一日でいいってとこを、無駄に三日も様子を見ようとかなんとか言って出してくれなかっただけだ」

宵星がそう答えて、秀尚は少しほっとする。

「よかった。でも、時雨さん、強かったんですね……」

「強いわけじゃなくて、ただただ、粗野《そや》だったのよ」

そう言って苦笑した後、

「あの後、噂で黒曜殿の許に行ったとは聞いてたけど、あそこに入ると、それまでと名前を変える子も多いし、本宮から出る子もいるから、結局会えずじまいになっちゃって……。あの時は、ごめんなさい」

改めてはっきりと謝る。

「百年以上前のことじゃねえか」

宵星はそう言って笑うが、

「それでも、怪我をさせたってことは事実だし、謝ってなかったのも事実だわ。どっかで引っかかったまんまだったのよ」

時雨は神妙な面持ちのままでそう言った後、

「でも、これですっきりしたわ」

ふっと笑った。

その時雨に、宵星は少し間を置いてから、

「……俺は、あん時の面子《めんつ》の中で黒曜殿の許に誰かが呼ばれるとしたら、あんただと思ってた」

静かな声で言った。

「アタシ？　それはないわ」

「いや、個人の戦闘能力も高いし、座学でも上位だっただろ」

宵星の言葉に、時雨は苦笑いした。

「黒曜殿の許で働くには、戦闘能力云々《うんぬん》より、一にも二にも自制心が必要な気がするわ。アタシたちだって不測の事態に直面することはあるけど、アンタたちの不測の事態って、洒落《しゃれ》になんない状況でのものじゃない。そんな時は瞬時に冷静な判断を下すことが必要でしょ。カッとなったら作戦ふっ飛ばしちゃうような短気なアタシには無理よ」

その時雨の言葉は、秀尚にとっては意外だった。

「時雨さんは、物事をいつも俯瞰《ふかん》で見てるような気がするのに」

しかし、時雨は笑いながら、

「それは、『オネエ』っていう仮面を被ってるからよ。『オネエ』を演じることで、本来の自分とは一歩離れたところで物事を考えられるっていうか……。この仮面を被るまでは、人界での会社の同僚とも関係を築くのが結構難しかったこともあんのよ」

と言うが、宵星は首を傾げた。

「演じてるにしちゃ、板につきすぎだろ」

その言葉に時雨も、

「そうなのよねぇ。慣れって怖いわぁ……。予想以上にしっくりきすぎちゃって、もう、元の普通に男言葉を喋ってた頃に戻れるかどうか微妙だもの」

真剣な顔で言う。

「まあ、そのほうが円滑《えんかつ》なら今のまんまでもいいんじゃねえのか?」

「それもそうね。女子との距離も近いし……恋愛的な意味では遠くなった気がするけど」

時雨は少し遠い目をして言う。その遠い目の先に、時雨はあるものを見つけて聞いた。

「あら、今日の夕食、カレーだったの? そこにカレー粉あるけど」

厨房の机の上に出したままだったカレー粉の袋を指差し、問う。

「ええ、そうです」

「最近、カレー多いんじゃない? 居酒屋の時にも匂いがしてる時があって、カレー系の何かが出るのかしらって思ってたら出ないし」

「宵星くんのリクエストで、いろんなカレー作ってみてるんです」

カレーはあれからずっと、頻繁に作っている。

どれもおいしいと言って食べてくれているが、宵星の中のどストライクにはなかなかはまらないようだ。

「アンタ、カレー好きなの？」

時雨は宵星に聞いた。

「好きっていうか、昔食ったカレーがうまかったってだけの話だけどな」

宵星はそう答えてから時計を見て、

「悪ぃが、そろそろ下りるぞ。どうせ、あいつ、今夜も来るんだろ」

そう言うと時雨の膝の上から下りた。

アイツ、というのはもちろん暁闇のことだ。

まだ、顔を合わせるには気持ちの準備ができていないらしい。

「あーあ、カワイコちゃんとの触れ合いタイムが終わっちゃった。ざんねーん」

「言ってろ」

宵星は軽く言って、二階へと向かう。

それから十分ほどして、宵星の予言どおり暁闇が現れた。

「すっごい嗅覚《きゅうかく》ね、宵星ちゃん」

時雨が笑って言う。

「宵星がどうかしたのか」

弟の名前が出るなり、暁闇は即座に聞いてくる。

「さっきまでここにいたのよ。けど、そろそろ暁闇殿が来るだろうからって二階に上ってったわ。それまで、アタシの膝の上に座ってくれてたんだけど」

時雨の自慢に暁闇は唇を噛みしめる。

「……俺は、顔を見ることすらままならないのに……」

「心の整理がつくまで、もうちょっと待ってあげてください。でも、随分落ち着いてきたっていうか、前は暁闇さんの名前が出るだけでもご機嫌斜めになっちゃってたところがあるんですけど、最近はそういうこともなくなってきてるから……」

秀尚がとりなすように言う。

「もう少し、待つとするか」

どこか諦めたように暁闇は言ってから、不意に、

「今日はカレーか?」

そう聞いてきた。

「今日の夕食が、そうだったんです。宵星くん、カレーが好きっていうか、昔食べたカレーがおいしかったって言ってて」

秀尚が答えると、

「昔食べた……」

と、いわくありげに呟いた。

「あら、何かありそう。何よ」

秀尚が問うより早く時雨が言う。

「いや、昔、俺が初任務から戻った時、あいつを連れて人界の店で食べたのもカレーだったと思い出しただけだ」

「……じゃあ、そのカレーのことなのかな……。なんていう店かとか、味とか、覚えてますか？」

ヒントがあれば、そのままずばりは無理だろうが、多少なりとも似せられるかもしれない。そう思って聞いたのだが、

「いや……。さほど大きな店ではなかったし、その後すぐに震災の火事で潰れてしまったからな。味は……確か牛肉が使われていた」

暁闇はそう言った。

「震災で……っていうと、この前の東北の？　あー、でも初任務ってことは阪神淡路《はんしんあわじ》のほうかな……」

秀尚の問いに暁闇は頭を横に振り、

「いや、関東大震災だ」

百年ほど前の災害の名前を口にした。

「これだから、神様スパンでの時間の流れって……」

秀尚はため息をつく。

阪神淡路でさえ、秀尚にとっては『学校で学んだ』レベルなのだ。

「そうなのよねぇ、若く見えてもアタシたち、三ケタ年齢だから……。ついうっかり古い話を昨日のことのようにしちゃって、若い子にどん引きされることあるわ」

時雨がそう言って苦笑いをする。

「ちなみにどんな話ですか」

「最近やっちゃったのは、ブーツの話をしてて、『ツイッギーが来た時は、何この妖精！って思ったのよねぇ』って言っちゃったことかしら。リアルタイムで見てたみたいですねって言われて慌ててごまかしたけど」

と、時雨は教えてくれたが、

「……すみません、ツイッギーが何なのかよく分かんないです」

多分、人だろうということくらいしか秀尚には分からなくて素直に言う。

それに時雨は、

「このジェネレーションギャップ……、ほんと、ものすごく年を取った気分になるわ」

と呟き、暁闇は、

「好きな映画を聞かれて、『太陽がいっぱい』と言うのとでは、どっちが時代的に古いんだ？」

真剣な顔をして聞いてくるが、どっちにしても秀尚の生まれるはるか前の話で分かりようがなく困っていると、濱旭と冬雪が相次いで来て、今日の居酒屋は「人界思い出話」で盛り上がったのだった。


神原が次に来たのは、加ノ屋の定休日だった。

この日が無理となると、神原の空いている日というのが随分先になってしまうため、あわいの子供たちには事情を話して今回の訪問は断った。

「こういう感じの金具を取りつけて、これでぱったんぱったん、て開閉できるようになんねん」

神原は購入してきた道具類を見せ、簡単に説明する。

「へぇ……なんでも売ってるんですね」

秀尚は感心しながら言う。

「プロの大工さんでも、ホームセンターで買う人、結構いるみたいやで。作業服の人わりと見るし。そしたら始めようかなー」

神原は言うと、作業を始めた。

宵星も下りてきていて、神原の作業を珍しそうに見ながら、ものを渡したりする簡単な作業を手伝っていた。

「ちょっとここ押さえてて」

「これでいいか」

「うん、そう。ネジ、仮止めしてしまうわ」

そう言うと電動工具であっという間にネジ止めしてしまう。

「すげえな、早ぇ」

「せやろ？　一台あったら、作業が全然違うねん。これは買《こ》うて正解やった機械の一つやなぁ」

楽しげに神原は言いながら作業を続ける。

作業をしながら、

「宵星くん、この前もお手伝いしてたけど、今は学校おやすみしてんのん？」

不意に聞いた。

「あー、うん。まあそんなとこ」

曖昧に言葉を濁《にご》す宵星に、

「まあ、人生いろいろあるもんなぁ。小学校の間の一年二年は、言うても大したことないよ。留年することもないし」

神原はそう返した。が、

「とはいえ、ちょっと気になる。何あったん？」

にっこり笑って聞いてきた。

宵星はどうしようか悩んだ様子で秀尚を見た。

本当のことは当然言えないし、言わないことで秀尚と神原との関係に支障が出るかもしれないと危惧《きぐ》してくれている様子だ。

「……ざっくりだったら、言ってもいい？」

秀尚が言うのに、

「あ、別に、気ぃ進まへんかったら、ええよ？　理由聞いても、何かしたげられるってこともないやろし。ただ、ちょっと気になる。姉ちゃんとこの子、幼稚園の年長さんになってすぐに、登園拒否みたいになったことあるから」

神原はそう言ってきた。

「いや、別にかまわねえ」

秀尚が言う「ざっくり」を「嘘ではないけどフィクションを混ぜて説明」だと理解したのだろう。

それに秀尚は頷いた。

「学校で校外学習の時に、同じ班の友達が怪我しちゃったんです。宵星くんが悪いわけじゃないし、宵星くんも怪我をしたんですけど、班長だったから、責任を感じちゃってて」

見た目年齢的に無理のない設定に置き換えて、かなりソフトに説明する。

もし神原に聞かれたら、ということを一応想定していたので、さらりと答えることができた。

「そうやったんや。宵星くんの怪我は、もうええん？」

神原はまず宵星の怪我の心配をした。

「ああ、俺は、もう全然」

「それやったらよかった。お友達のほうは？」

神原の問いに宵星は少し言い淀《よど》むような間を置いてから、口を開いた。

「まだ…戻ってきてねぇ……」

「入院かなんかしてんの？　わりと大きい怪我やってんなぁ……。責任感じてしまうんも分かるわ。ショックやったやろしな」

神原はそう言うと、宵星の頭を撫でた。

「お見舞いとか、行けた？」

「いや」

「そっか……。ああ、今、病院って子供の面会、制限してるとこあるもんなぁ……」

神原はそう言って、勝手に納得してから続けた。

「責任感じて、行きづらいやろけど……友達が学校へ戻ってくる時には、宵星くんも学校に戻ったほうがええと思うよ」

「なんで、そう思うんだよ」

神原の言葉が何か引っかかったらしく、宵星は聞いた。

「何がどうなって怪我したんか分からへんけど、友達が学校に戻ってきた時、宵星くんがいてへんかったら、自分が怪我したせいかなって責任感じるんちゃうかなぁ」

その言葉に宵星は眉根を寄せ、

「……俺が深手負って苦しんだのにのうのうとって、そう思うかもしれねえだろ」

重い声で言った。

「ああ、その可能性もあるか……」

神原はあっさり認める。

それに宵星は拍子抜けしたようだが、神原は優しく笑った。

「せやけど、ずっと学校休み続けるわけにもいかへんやん？　まあ、宵星くんの場合、格好ええから、イケメン転校生現る！　みたいな感じで、心機一転、学校変えるっていうんも、ありかもしれへんけど、親御さんがオッケーするかどうか問題やしなぁ……」

そう続けて、宵星の頭をワシャワシャと撫でると、

「どっちにしても、お友達の怪我、はよ治ったらええな」

そう言って作業に戻る。

その後は、もう宵星の学校の話はまったく出なかった。

だからといって無言ではなく、話を聞く前と同じように神原は宵星に作業を手伝わせている。

――不思議なメンタルだよなぁ、この人……。

付き合いの浅い頃には特にそんなことは思わなかったが、思いがけずこうして長く付き合うことになってから見えてくるいろんな面で、そう思う。

その不思議さが妙に心地いい相手だ。

とはいえ、いろいろ自分が神原の面倒見のよさに一方的に甘えている気もするので、気をつけようとも思う。

そんなちょっとした自戒《じかい》をしている間に、作業は終わった。

「おお！　すごい、動きが滑らか！」

「段差もできてへんし……我ながら上出来」

出来栄えに神原も納得したように頷く。

継ぎ足したほうの天板はさすがにステンレス加工ではないが、それでも衛生的に拭き取りがしやすいようにと、シートを貼りつけてくれていた。

「さて、そろそろおやつの時間やなぁ……」

時計を見て神原が言う。

「そうですね。何か作りましょうか」

「俺、パンケーキ作るわ。加ノ原くん、おいしい飲み物準備して」

「作業もしてもらった上におやつまでとか、バチ当たりそうだけど、作ってくれるというなら甘えといて……飲み物…チャイでも作りますか」

「ええなぁ、チャイ。そしたら、お任せ」

「了解です」

神原がパンケーキを焼いてくれている間に、秀尚はチャイの準備をする。

店のメニューとしては出していないが、冬の時期に秀尚がたまに飲んだり、居酒屋で頼まれて出したりする。

誰が頼むかといえば、一番多いのは時雨だ。他の稲荷は時雨が頼む時に一緒に頼んでくることがほとんどで、たまに濱旭が注文してくることもあるが、本当にたまにだ。

カルダモン、クローブ、シナモンスティック、それからブラックペッパーは、粉末になっているものではなく、形がしっかり残った状態のものを秀尚は使う。

「三人分だと、これくらいかなー」

鞘《さや》つきのままだったカルダモンはまな板の上で軽く潰し、シナモンスティックも雑に割る。

それから薄く切ったショウガを麺棒で叩いて潰し、スパイスと一緒に鍋に入れて水で煮出す。

「ブラックペッパー、少なめにしましたけど、いいです?」

「うん、加ノ原くんの好みでええよ」

ブラックペッパーとショウガはレシピによってはなかったりするが、秀尚はどちらも入れる。ただしブラックペッパーはほんの風味程度で、省くこともよくある。

スパイスが煮出されてお湯が茶色くなってきたら、紅茶の葉を入れてさらに煮出し、充分に茶葉が開いて柔らかくなったら牛乳を入れ、沸騰したら砂糖を入れる。

それを漉せば、チャイのでき上がりだ。

秀尚は神原のパンケーキの仕上がりに合わせるようにして作ったので、チャイが入って二分ほどの遅れで最後のパンケーキが焼き上がった。

「焼き立ては宵星くんどうぞ」

神原はそう言って宵星の前にパンケーキを置く。

「いいのか？」

「もちろん。子供の特権」

神原は言いながらバターを上に置く。焼き立ての生地の上でバターが溶けて染みていくさまはおいしさを余計にアピールしているようだ。

「じゃあ、食べよっか。いただきます」

秀尚が言うと、神原と宵星もいただきます、と言って食べ始める。

いつものことながら、神原のパンケーキはおいしかった。そして、初めてパンケーキを食べた宵星は、

「うわ……、すげえうまい」

素直に感想を告げる。

「ありがとう」

作った神原が言うのに続いて、

「神原さんのパンケーキはうーたんも大好きなんだよ」

秀尚が情報を追加する。

その追加情報に、宵星はパンケーキを凝視《ぎょうし》し、

「……恐れ多い……」

小さく呟いた。その言葉に、

「難しい言葉知っててんねんなぁ」

呑気に神原は言ってから、

「っていうことは、うーたんのこと、宵星くんも知ってるんや？」

そう聞いてきて、秀尚は「あ、マズったかも」と焦りつつ、

「えーっと、宵星くんは、うーたんの家っていうか、家業？　で働いてるおうちなんで」

なんとか設定変換を試《こころ》みる。

「ああ、うーたん、ええ家の跡《し》取り娘とかやったっけ」

神原は雑な設定を覚えていたらしく、納得してくれた。

——あー、やっばい、気をつけなきゃ……。

秀尚は動揺を悟られないようにしながら、

「チャイの味、どうですか?」

と、チャイの話に変える。

「シナモンの匂いがええなぁ……。甘さも、パンケーキと合わせるんやったら丁度ええ感じ。おいしい」

「よかった。宵星くんは?」

「飲んだことねえ味だけど、うまい。このニッキみたいな匂いがシナモンっていうのか?」

宵星が聞いてくる。

「そう、それがシナモン」

「この匂いのまんじゅうっつーか、和菓子あるよな。それ思い出す」

秀尚と神原は、すぐにその菓子が頭に浮かんだ。

「なかなか渋いお菓子知ってんねんなぁ」

妙な感心をする神原に、宵星は、まあな、とだけ答える。

「でも最近、味のバリエーションすごいですよね」

秀尚はそのまま、話を「斬新《ざんしん》に変化を遂げている昔ながらのお菓子たち」に持っていき、ボロを出すことなく、うまくおやつタイムを終えたのだった。

◆◇◆

その夜もいつもどおりに居酒屋は営業され、広くなった配膳台は好評だった。

そして居酒屋を終えて風呂をすませ、部屋に戻って布団に入ろうとすると、

「……謝るって、一体、なんなんだろうな」

眠っていると思っていた宵星が、不意に呟いた。

「まだ、起きてたんだ？　それとも起こしちゃった？」

「いや、起きてた。この前、時雨殿と話したこととか、今日、あんたの友達と話したこととかいろいろ考えてた」

宵星はそう言って起き上がると、胡坐《あぐら》をかいて座った。

「俺がやっちまったことは、謝ってすむようなことじゃないと思ってる」

「……それくらい、酷《ひど》い状況だったってことだよね」

秀尚の言葉に宵星は答えず、ただ黙《もく》していた。

秀尚も先を急《せ》かすことなく、自分の布団の上に腰を下ろして宵星が口を開くのを待った。

「詳しいことは話せねえけど……俺の隊はある場所を捜索してたんだ。その時に二重にかけられた術の罠《わな》に気づかなくて踏み込んで、損害を出した」

「うん」

「ほとんどの隊員は軽傷ですんだ。けど、最初に踏み込んだ奴は重症で……瀕死に近かった。俺の目の前で……」

そこまで言って宵星は言葉を一度切って、込み上げる何かを必死で抑え込むようにして時間を置いた。

「……もし、俺がもっと慎重に調べて罠に気づいてたら……いや、俺が最初に踏み込むべきだった」

宵星の声からは深い後悔が滲んでいた。

「……重症のお稲荷さんは、なんていうか、後遺症みたいなのが出ちゃったりとか、もう仕事ができないようになっちゃったとか、そんな感じなのかな」

秀尚が問うと、

「時間はかなりかかるだろうが……復帰はできると思う」

宵星はそう答えたが、

「けど、あんな怪我の後だ。現場に戻りてえって思うかどうかは、分からねぇ……。よくできる奴だったのに、俺のせいで……」

そう続けて、そのまま沈黙した。

秀尚はしばらく考えてから、

「俺はその現場にいたわけじゃないし、どれだけ酷かったのかも分かんないから無責任に言うんだけどさ。隊長として起きたことの責任を負うのが宵星くんの立場だから、責任を感じるのは当然だと思う。でもそのあたりの責任論はとりあえず横に置いといて、宵星くん自身は今回のことがあって、これからどうなったら一番いいって思ってるんだろ」

そう聞いてみた。

「どうなったら……」

「どうしようもないことになったんだろうけど、なっちゃったもんは、もう変えられないわけじゃん。じゃあ、これからどうなるのが宵星くんの最良のシナリオっていうか……実現可能かどうかっていうのを別にして、どうなるのが一番いいんだろ」

秀尚の問いに宵星は沈黙した。

長い沈黙の後、

「そんなこと、考えたこともなかった」

ポツンと呟いた。そんな宵星に、秀尚は言った。

「……俺も考えてることが纏まってるわけじゃないから、しっちゃかめっちゃか言うけどさ。時雨さん、昔、宵星くんに怪我させて謝れなかったこと、ずっと引っかかってたって言ってたじゃん」

「ああ」

「理由が怪我じゃなくて他のことでも、『謝んなきゃいけないのに、謝れないままでいる』っていうの、ストレスなんだろうと思う。宵星くんは、怪我したお稲荷さんと会えてなくって言ってたけど、会って謝ることはどっちにとっても大事だと思う」

秀尚が言うと、

「……謝って、それで終わりか？　そんなわけねえだろ？　それに謝られたほうは？　俺みたいに、ちょっとした怪我なら気にしてねえよって思う。けど、今回はそんな話じゃねえ……。それでも謝られたら……」

謝られたら、許すしかないのかもしれない。

決して、許してなくても。

怪我をした稲荷の抱く葛藤を宵星が慮っているのが分かった。

それと同時に、秀尚は萌黄のことを思い出していた。

――がきがあやまっても、ゆるせないかもしれないんです……。あやまっても、ゆるせないっておもっちゃうぼくは、きっとわるいこなんです……――

そう言って、以前萌黄は自分を責めて泣いた。

行き場のないつらさのせいで餓鬼を許せないと思ってしまうのに、そう思ってしまうことに対しても自分を責めていた。

「前に、あわいに餓鬼が出て……」

秀尚はその時のいきさつを話した。

「萌黄は、謝られても許せないだろう自分を責めてた。宵星くんは怪我をしたお稲荷さんが、許せなくても許すしかないって思うのがつらいっていうか……そういう感じだと思うんだけど、なんていうのかな、宵星くんの『謝る』は許してもらうための『謝る』じゃないっていうか……。自分に責任があるって認めてます、俺が悪いですって思ってるってことを、相手に伝えるためっていうか、そのためのものだと思うんだよね。だから、そういう意味で謝ったほうがいいと思うし、無駄に心配させないためにも、仕事に戻れるなら仕事に戻ったほうがいいと思う。精神的にめっちゃきついと思うけど」

そこまで言ってから、昼間に宵星が言っていたことも思い出した。

「ああ、でも、逆にそれが相手の神経を逆撫でするってこともあんのか……。うーん……、でも今まで一緒に仕事で危ない橋を渡ってきたんだったら、そのあたりの微妙なところ、分かってくれそうな気もするし、いや、でもハンパない怪我だったんなら、綺麗事じゃすまない感じもあるしなぁ……」

うーん、と頭の中でぐるぐると堂々巡りを繰り返したあげく、

「ごめん、分かんない」

秀尚は謝った。

そんな秀尚に、宵星は少しだけ笑った。

「なんだよ、いい答え出してくれんのかって期待させといて、最終的にそれかよ」

「いや、格好よく決められたらなーとはちょっと思ったんだけど、やっぱ無理だった。三十年足らずの人生で、百年以上生きてるお稲荷様に納得してもらえるような知恵は浮かびませんでした、スミマセン」

わざとらしく、頭を下げてから、

「そろそろ寝よっか……」

そう声をかけると、宵星はああ、と言って、体を横たえた。

それを見てから秀尚は電気を消し、

「おやすみなさい」

と言って、自分も布団に横たわった。

八

翌日、宵星はいつもどおりに見えた。

昨夜眠る前にいろいろ話したので、もしかしたら何か引きずるというか、センシティブになっているかもしれないと思ったのだが、少なくとも秀尚の目には、いつもどおりに見えた。

秀尚は昨夜の話については、触れなかった。

蒸《む》し返してまで聞かせたい妙案でも思い浮かんでいるならまだしも、答えは出ていなかったからだ。

――そもそも、あの手の話に『答え』なんてないような気もするしな……。

結局は自分がどんな決断をするのか。

した決断が、結局「答え」だ。

なので秀尚もいつもどおり、普通に店を開け、宵星に手伝ってもらってその日を終えた。

そして夕食――。

「お、今日のカレー……」

秀尚が作ったカレーを食べた宵星はハッとしたような顔をした。

「もしかして、昔食べたのに似てる？」

「似てるっていうか……雰囲気みたいなもんが、近い」

――暁闇さんが関東大震災の頃だって言ってたから…どうかと思って作ったけど……。

宵星の言葉に秀尚は、確信とまではいかないものの、方向性は掴めた気がした。

「そうなんだ、よかったよ」

とはいえ、暁闇の名前をここで出してカレーの詳しい話を宵星に聞くのはためらわれて、秀尚も笑って返しながら、カレーを食べる。

食べながら、秀尚はあることを思い出した。

「宵星くん、今度、子供たちが来る日だけど」

「どうかしたのか?」

「誕生会の日なんだ。宵星くんにも参加してもらうつもりだけど、お祝いされる側に回るか、お祝いする側に回るか、どうする?」

子供たちが、宵星も一緒に誕生日をしようと誘っていたので、多分当日、聞いてくるだろう。

「祝う側にする。俺が祝われる側に回ると、暁闇もその日、なんか匂い嗅ぎつけてきて、面倒なことになりそうだからな」

「ああ、そっか……双子だもんね。宵星くんの誕生日が決まるともれなく暁闇さんもその日が誕生日ってことになるか……」

もちろん子供たちの手前の『誕生日』なので、あとで撤回しても全然かまわないわけだが、後々ややこしいことになりそうな気もするので、今は決めないほうが無難だろう。

「じゃあ、それで決まり」

「しかし、斬新な誕生日の決め方をしたもんだな」

「ああ、偶数月の第三火曜ってやつ？　だって、みんな最初はケーキが食べたいっていうのが動機だったし、毎月だと俺が大変だから」

「そりゃそうだけどよ」

「それに、大人になって、時雨さんたちみたいに人界任務につくことになって書類上の生年月日が必要になったら、その時にみんな自分の好きな日を改めて誕生日にしたらいいと思うし。……今は、仮の誕生日って感じで」

彼らが一人前になる頃、秀尚はもう寿命が来てしまっているかもしれない。

大きくなって、誕生日を決めることになった時に、ここで雑な決め方をした誕生日で、みんなでお祝いしたことを思い出してくれたら嬉しいなと思う。

「あんたって、大ざっぱなのか、細やかなのか、よく分かんねえな」

そう言って笑う宵星に、秀尚は、

「前はもうちょっと普通だった気がするんだけど……陽炎さんと出会ってから、なんか方向変わった気がするんだよね」

と返す。それに宵星は、「あー……」と妙に納得するような声を漏らして、二人の間で陽炎に対しての印象は同じことが分かり、顔を見合わせて笑った。

◆◇◆

何事もなく数日が過ぎ、子供たちが楽しみにしている「誕生日」がやってきた。

二階の机の上には秀尚が作ったお祝いの料理が並び、今日の主役である十重、二十重、稀永の三人は紙で作った円錐形の帽子を被っている。

「わぁ……、えびふらい、たくさん！」

「はたえのすきな、ぐらたんもある」

「ぴざだ！　ちーずいっぱい！」

三人の一番大好きなものをメインにしつつも、野菜がきちんと取れるように、具材に多めに使い、他の料理も無理なく野菜が取れるようにした。

子供たちは基本的に野菜も嫌がらずに食べるが、やはり好きなのは肉系なので、こういう時は偏りがちになる。

無論、二ヶ月に一度のことなので、大目に見てもいい気もするが、できる限りバランスよく食べてほしいのが親心――親ではないが――だ。

今日の誕生会には陽炎と冬雪も参加を予定していたのだが、どちらも都合がつかず、冬雪は欠席、陽炎は途中参加ということになった。

もっとも、今日の料理は多めに作っており、残りは居酒屋でも出すので欠席の場合でも問題はないのだが。

誕生会が始まると、子供たちはきゃいきゃいと楽しそうにしながら、お祝いの料理を食べる。その様子を見ながら、宵星も料理を口に運ぶ。

みんなのはしゃぐ気配を朝から感じ取ったのか、今日は寿々も来た時から変化《へんげ》していて、人間の赤子の姿だった。

正確に言えば、顔と胴体は人間で、両手足は狐という中途半端さだったが、寿々にしては上出来なほうだ。

変化《へんげ》することが普通にできる浅葱と萌黄でも、体調が悪かったりすれば体の一部が狐のままなことはあるし、驚いたり興奮したりしても変化《へんげ》が甘くなり、顔が狐に戻ったりすることもあるくらいだ。

赤子姿の寿々はサイズ的に萌黄では手に余ってしまうため、秀尚が預かり、秀尚は自分の食事をしながら寿々にも離乳食を与える。

もちろん、寿々が食べられそうな料理があればそれも食べさせるので、決して仲間外れではないし、みんなの楽しい雰囲気を感じ取って、寿々はご機嫌そうに手や足を動かしている。

「すーちゃん、たのしそうです」

「おめでとうっていってるんだよ、きっと」

萌黄と浅葱が言うのに、今日がお誕生日である三人が寿々に「ありがとう」と口々に言う。

そんな様子を宵星も微笑ましそうに見ていた。

料理を食べ終えると、子供たちは食休みを兼ねて、いつもどおりに絵本を読んだり、ブロックで遊んだりし始める。

陽炎がやってきたのは、そろそろケーキを出す頃合いかな、と秀尚が思い始めた二時半過ぎだった。

「よ、楽しんでるか？」

二階の部屋にやってきた陽炎は子供たちにそう声をかける。

「かぎろいさま、こんにちは！」

「かぎろいさま、おしごとおわりですか？」

陽炎の登場に、子供たちは口々に声をかける。

「ああ、仕事は終わりだ。今日の誕生日は、十重と二十重と、稀永か。おめでとう」

陽炎は誕生日の三人を寿《ことほ》ぐ。

「「「ありがとうございます」」」

三人は声を揃えて返す。

それに陽炎は頷いてから、秀尚を見た。

「お、寿々は変化《へんげ》してるのか」

秀尚の膝の上の寿々に気づき、言う。

「手足は狐さんですけどね。そろそろケーキにしようと思ってたんです」

「いいところに来たわけだな、さすが俺だ」

妙に自慢げな陽炎に、

「さすがの食い意地ってことか？」

宵星が突っ込む。それに陽炎は
「なかなか言うな」

気を悪くしたような様子はなく、返す。

居酒屋で会う時もそうだが、この二人は気が合うらしく、漫画の話をしていても感動したり、笑い転げたりする場所がまったく同じだ。

「俺、準備してきますね」

秀尚はそう言って、寿々をスリングに入れて抱き上げ、厨房に向かう。

「手伝おう」

陽炎はそう言ってついてきた。

「宵星殿の様子はどうだ？」

厨房で秀尚が焼き上げたパイや取り皿、飲み物などを二階に持っていくために準備していると、陽炎が聞いてきた。

「いつもどおりっていうか……暁闇さんの名前を自分から出したりすることもあるから、かなり落ち着いてきてると思うんですけど」

「元の姿に戻れそうな感じはするか？」

「それは、どうなんだろう……。っていうか、前に、暁闇さんが宵星くんが自分にかけた呪詛で今の姿になったって言ってましたよね？　でも、元の姿に戻るには九尾ならなんとかできるかもとかって話になってたから……宵星くんだけの力じゃ戻れないってことなんですか？　それとも強制的に元に戻すためには九尾の力が必要ってことですか？」

あの時は聞き流していたが、考えてみれば少し引っかかった。

「多分、前者だ。本人が自覚してかけた呪詛なら、その意識を読み取れば宵星殿と同等の力を持つ七尾やそれより上の八尾が解くことが可能だ。だが、同じ七尾の暁闇殿に無理だったからな。あの姿になるきっかけになったのは、おまえさんたちの言葉で言うところのストレスだろう。それが癒されれば、と思ってるんだが……」

「どうなんでしょうね……。ストレスの原因っていうか、ショックだったのは仕事中の事故っていうか、同じ隊の人が大怪我をしちゃったってことだと思うんですけど…その件だけでもかなり複雑な感情があるみたいだったし、暁闇さんへの最初の頃の反抗的な態度って、そのことでの八つ当たりってだけでもなさそうな気もするし……」

「もう少し時間がかかる、か……」

「多分」

秀尚が言うのに、陽炎がため息をつく。

「何か問題があるんですか？」

「……あとどの程度、時間稼ぎをできるか分からんからな。任務終了後の休暇はとうに終わって、今は任務中の不測の事態の分析をするためとかなんとか言って新規任務からは外れているが、黒曜殿の配下はそう多いわけじゃない。特に小隊を組める稲荷は限られてるから、いつ召集がかかってもおかしくない。その時に、今の姿のままっていうのは、暁闇殿のこれまでの苦労が水の泡ってことになる」

そもそも、ここに宵星が預けられたのは、子供に戻ったことを知られないためだ。

そのために暁闇は自分たちを脅すような真似までしたのだ。

「やっぱ、まずいんですよね、それって」

「精神面が安定していない、と見なされれば、隊長から外れることになるかもしれんし、へタをすれば黒曜殿の配下から離れることにもなりかねん」

陽炎はそこまで言って、軽く頭を横に振った。

「まあ、気を揉んだところでどうなるもんでもない。なるようにしかならんな。……持っていくのは、これで全部か？」

秀尚が準備したトレイを指差し、陽炎が問う。

「はい。俺は生クリームとアイスクリームを持っていくんで、お願いしていいですか？」

秀尚が頼むと、陽炎は、任せておけ、と胸を叩き、二階にパイなどの載ったトレイを運んでいく。

秀尚は冷蔵庫と冷凍庫から、トッピング用の生クリームとホームサイズのアイスクリームを出し、その後を追った。


栗とさつまいもとかぼちゃのパイは好評だった。

それを食べ終えると、子供たちは「おにわであそびたい」と陽炎にねだり始めた。

子供たちは耳と尻尾を隠すことができないため、加ノ屋に遊びに来ても裏庭に出ることはできない。

山の中の人目につかない場所にあるとはいえ、何が起きるか分からないからだ。

子供たちもそのことは充分理解しているので、普段はそんな我儘は言わない。

だが今日は「誕生日」で、耳と尻尾を隠す術をかけることのできる陽炎がいるのだ。子供たちがおねだりを始めるのも無理もない。

そして、陽炎が彼らのおねだりを断れたためしがない。

「仕方がないな、俺からの誕生日プレゼントだ」

そう言ってみんなの耳と尻尾を隠してやり、庭遊びを許可する。

とはいっても加ノ屋の裏庭にはちょっとした危険がある。

山の中腹あたりにある加ノ屋の裏庭の先は、傾斜のきつい斜面になっているのだ。どの程度きついかと言えば、角度的に言えば七十度程度で、上から見た感じではほぼ直角よりちょっと緩やかかな、といった感じだ。

そのきつい斜面は急すぎるからか、木も植わっておらず、草が生えている程度だ。

もちろん、その向こうに行ったりしないように目印として、前の店主が作った柵《さく》があるが、かなり低い。

子供でもまたげてしまうくらいの高さだ。

「みんな、柵の向こうには絶対行っちゃダメだからね」

裏庭に出る時にする注意を秀尚は繰り返す。

子供たちも柵の向こうが危ないということはちゃんと知っているので、はーい、といい子な返事をすると、思い思いに遊び始めた。

「さて、ちょっと腹が減ってるんだが……何か食べさせてもらえないか？」

子供たちが遊ぶ姿を見守る秀尚に陽炎は聞いてきた。

「お誕生日会の残りの料理がありますよ。居酒屋でも出す予定だから、かぶりますけど、それでよかったら」

「うまいものは何回食ってもうまいからかまわん」

陽炎がそう言うので、子供たちを見る役目を陽炎に任せて、秀尚は冷蔵庫にしまった料理を温め直したりして準備する。

そして準備ができたところで陽炎と交代して、庭に出た。

子供たちはかけっこをしたり、ボール遊びをしたり、降り積もっている落ち葉の中から綺麗に色づいたものを探したりして、楽しそうだ。

秀尚が下げたスリングの中にいる寿々も、その声を聞いて楽しそうに声を立てる。

だが、不意に眉を寄せると泣き始めた。

その声を聞きつけて、近くにいた萌黄が心配して近づいてくる。

「かのさん、すーちゃん、どうしたんですか？」

「んー、ちょっと待って」

秀尚は言いながら、スリングの中から寿々を抱き上げ、片方の手の指を足ぐりからおむつの中に少し差し入れる。

「おむつが濡れたから気持ち悪いんだって。ちょっと替えてくる」

子供たちだけにするのは少し気になったが、十分ほどのことだ。

そう思って秀尚は家の中に入った。

だが、その僅《わず》かの間に、それは起きた。

浅葱、実藤、殊尋、稀永の四人はボール遊びをしていたのだが、浅葱が投げたボールを殊尋が受け取り損ね、ボールは柵のほうへと転がっていった。

柵の向こうは急な斜面だ。

そこからボールが出てしまえば、その斜面を転がっていってしまうだろう。

それで慌てて殊尋と、そして狐姿の稀永はボールを追った。

二人はなんとかボールに追いついたのだが、勢い余って柵にぶつかったのだ。

それだけなら、柵にぶつかって痛かった、で話はすんだだろう。

だが、設置されてかなりの年月が過ぎた柵は、長年の風雨にさらされた結果、劣化して腐食していた。

二人がぶつかった瞬間に柵が折れ、殊尋と稀永はその勢いのまま斜面のほうへと体勢を崩した。

「まれちゃん！」

狐姿の稀永が宙を飛ぶのを、殊尋は咄嗟に手を伸ばし、片手で抱き込んだ。

だが、殊尋とて体の勢いは斜面へと傾いていて、ギリギリのところで足を踏ん張ったが、勢いに負けて殊尋の体は斜面の向こうに消えた。

「ことちゃん！　まれちゃん！」

悲鳴に近い浅葱の声で、十重と二十重に声をかけられていた宵星が異変に気づく。そして浅葱の視線の先を見て、柵が壊れているのに気づくと、すぐに走り出した。

「殊尋！　稀永！」

上から見ると、殊尋がツルを片方の手で掴んで、ぶら下がっているのが見えた。

「よいぼしおにいちゃん……たすけて……」

そう言う間にも、自分の体重と稀永の重さを片手で支えるのは無理な様子で、ツルを持った手がずるっと下がる。

「陽炎殿を呼んでこい！」

宵星は固まっている浅葱と実藤を振り返って言う。

その言葉に浅葱と実藤は慌てて家の中へと向かう。

だが、待つ時間はなかった。

宵星は二人を助けるため、自分も草を掴んで斜面を下り、今にもツルを離してしまいそうな殊尋の手を掴んだ。

「よいぼしおにいちゃん……」

安堵したような殊尋の声。

だが、宵星とて今は子供の体だ。

殊尋と稀永を引き上げてやるだけの力はない。

自分にできるのは陽炎が来るまでの時間稼ぎだけだと分かっていたが、想像以上に今の自分の握力は弱く、そして、掴んだ草も思いのほか根が浅かった。

ぶちっ、という音と共に掴んだ草が抜け、宵星は殊尋たちと一緒に斜面を転がり落ちた。

◆◇◆

誰かの泣き声と、それを宥める声が聞こえてきて、すぅっと宵星は意識が覚醒するのを感じた。

目を開けると、まず見えたのは、最近見慣れてきた天井だ。

「……ぁ？」

自分の置かれた状況が分からず、声を漏らすと、

「あ、気がついた。よかった……」

すぐに秀尚の声が聞こえて、覗き込んでくる顔が見えた。

「気分はどうだ？」

続いて陽炎も覗き込んできて、声をかける。

「なんか、体が痛《いて》ぇ……」

言いながら、何してたんだっけか？　と記憶を辿った宵星は、殊尋と稀永と一緒に斜面を転がり落ちたのを思い出した。

「あの二人は、どうした……？」

「かすり傷だ。それももう治癒《ちゆ》させた。おまえさんが二人を転げ落ちる途中で抱き込んで庇《かば》ってくれたおかげでな」

陽炎はそう言うと振り返り、

「殊尋、稀永、元気だって教えてやってくれ」

後ろに控えていた二人に声をかける。

それに殊尋と稀永は宵星の寝かされている布団へ近づいてきたが、ぼろぼろと泣いていた。

「よい……っし、ぉに……ちゃ……、……っめん、なさぃ……」

「……っ……ん、なさ……」

嗚咽《おえつ》に声を途切れさせ、二人は謝る。それに、

「……ぼくが、ぼーるつよくなげちゃったから……だから……っ、ぼく、ぼ……くも、……めん……な、さい……」

浅葱も泣きながら謝る。

「大丈夫だから、気にすんな……」

宵星はそう言ったものの、体の痛みは強く、笑ってやろうとしたが中途半端なものになっ

た。

——これじゃ全然大丈夫じゃねえじゃねえか……。

子供たちに余計な心配をさせるのは本意ではないのに、と宵星が思った時、ものすごい勢いで階段を駆け上ってくる音がしたかと思うと、その勢いのまま、部屋の襖が開いた。

「宵星！　大丈夫か！」

やってきたのは暁闇だった。

「暁闇……」

「大丈夫なのか……」

血相を変えて飛び込んできた暁闇だったが、目を開けている宵星の姿に、少し安堵したような様子を見せつつ、宵星の許に近づいてくる。

「さて、宵星お兄ちゃんは、暁闇お兄ちゃんと話があるようだから、おちびさんたち、俺と一階に下りていようか。加ノ原殿、暁闇殿に説明を頼んだぞ」

陽炎は立ち上がると、ほらほら行くぞ、と子供たちに声をかけ、部屋を後にする。

階段を下りていく足音が遠ざかってから、秀尚は口を開いた。

「子供たちが店の裏庭の斜面を落ちそうになったのを助けようとしてくれたんです」

「失敗したがな。おかげで、このザマだ」

自嘲《じちょう》めいた口調で言った宵星だが、話すだけでもつらいのか顔を歪める。

「そんなことないよ。坂を転がり落ちる時、殊尋と稀永を庇ってくれたおかげで、あの二人はかすり傷ですんだ。その分、宵星くんは体を強く打って……」

「治癒の術は？」
秀尚の説明に暁闇は焦燥感の強い声で聞いた。

「治癒の術は？　まさか使ってないのか？」

「いえ、陽炎さんが。でも、今の宵星くんの体っていうか力だと、一度に完全に治してしまうのは無理で、負担が一番少ない範囲で段階的にって」

秀尚の説明に、暁闇は唇を噛んだが、宵星は合点がいったような顔をした。

「ああ、それでこんなに痛みが残ってんのか……」

「痛むのか」
暁闇が心配を隠しもせずに問う。

「そこそこな」
宵星はそう返したが、強がりがかなり含まれているのは簡単に分かった。

「陽炎さんは、とりあえず寝て、体力が回復したら、また術を使って治癒をって」
秀尚は陽炎から聞いた説明を繰り返した。
暁闇は頷いた後、

「宵星と二人にしてもらえないか」
秀尚に聞いた。

秀尚は宵星に視線を向け、宵星が落ち着いた顔をしているのを見て頷いた。

「下にいます。でも、できるだけ、休ませてあげてください」

秀尚は立ち上がり、そっと部屋を後にした。


翌日、宵星はかなり回復していたが、大事を取ってすぐ横になれるように布団は敷いたままにしておいた。

この日も子供たちが来る日だったたので、みんなやってきたが、宵星を気遣ってみんないつも以上に大人しく遊んでいた。

殊尋と稀永の二人は、宵星のために、あわいで摘《つ》んだ花をお見舞いに持ってきていた。そして、

「うすあけさまが、よいぼしおにいちゃんがおけがをして、たいへんかもしれないから、いろいろおてつだいしてあげたらどうですかって」

「だから、おてつだいします。なんでもいってください」

と、お手伝いを申し出た。

昨日のことを彼らは気に病《や》んでいるのだ。

「手伝い、か……。もう、随分よくなってんだけどな…ああ、そうだな、じゃあこの漫画、

向こうの部屋に返してきてくれるか？　ちゃんと順番どおりのところに戻せるか？」

読み終えていた漫画数冊を指差して頼む。

些細な手伝いではあるが、何か作業を頼んでやることが、彼らの気持ちを軽くしてやれる方法だと分かってそう言っているのだ。

殊尋と稀永は「だいじょうぶ！」と笑顔で請け負うと殊尋が漫画を持ち、稀永はその後をついていった。

「よいぼしおにいちゃん、もう、ほんとうにだいじょうぶなの？」

二人が部屋を後にしてから、浅葱が心配そうに聞いた。

「ああ、今日、布団を敷きっぱなしにしてんのは念のためってとこだ」

笑って宵星は返す。

昨日、暁闇は十分ほどしてから階下に下りてきた。

どうやら仕事を放り出してきたらしく、宵星がとりあえずは大丈夫そうなのを確認できたので一度帰り、居酒屋の時間に再びやってきた。

さすがに宵星が怪我をした直後ということもあり、居酒屋は休みになったが、秀尚は明日の子供たちの食事の仕込みなどがあるので厨房にいた。

「宵星くんなら二階で寝てますから、どうぞ」

秀尚が言うと暁闇は黙って二階に向かった。

仕込みを終えて秀尚が二階に戻ると、暁闇は労るような表情で、眠っている宵星の枕元に腰を下ろし、宵星の上に手をかざしていた。

「……治癒の術、ですか？」

秀尚が問うと、暁闇は視線を宵星に向けたままで言った。

「いや……今は、俺の力を分けている。双子だからな、力の性質はかなり近い。これで、陽炎殿が施《ほどこ》した治癒の術の効率も上がる。明日には、かなり楽になるはずだ」

暁闇はその後三十分ほど、宵星に力を分けてから帰っていったが、どこか名残惜《なごり》しげだった。

そして言葉どおり、宵星は一晩でかなり回復していた。

朝、様子を見に来た陽炎がその回復力に驚いていたほどだ。

——暁闇さんが力を分けてくれたってこと、伝えたほうがいいのかな……。

昨日、暁闇が来た時の宵星の様子を考えると、暁闇への悪感情はかなりなくなっているような気がする。

とはいえ、それは怪我の痛みでそれどころじゃなかったからかもしれないので、判断に迷う。

悩んだ結果、秀尚は言わないことにした。

伝えることがあるとしても、今じゃなくていい。

秀尚がそう決断した時、漫画を戻しに行っていた殊尋と稀永が帰ってきた。

「にんむかんりょう！」

「つぎ、なにしたらいい？」

にこにこしながら、次のお手伝いを言いつけられるのを待つ。

「んー、そうだな。じゃあ、ブロックで何か大きなものを作って、俺を楽しませてくれ」

「「りょうかい」」

二人は声を揃えて言うと、ブロックのところに行き、何を作るか考え始める。そのうち、任務を忘れて遊び始め――いつもどおりに楽しげにし始める二人の様子に宵星は穏やかに微笑む。

秀尚もその様子を見て、微笑ましさを覚えた。


翌日には、宵星はもうすっかり元どおりで、朝から店の手伝いをしてくれた。

もうどこにも不調はない様子だ。

そして一日の営業を終えた夕食。

「病み上がりっていうか、そういう時に刺激物もどうかと思うんだけど、カレーなんだ」

秀尚はそう言って、またカレーを夕食に出した。

「いや、別にもう治ってるからかまわねえよ」

宵星は気にした様子もなく、いただきます、と手を合わせて食べ始める。

だが、一口食べ、目を見開いた。

「……このカレー……」

「もしかして、宵星くんが食べたかったカレーに近い？」

宵星の反応に、秀尚は聞いてみる。

衝撃を受けたような表情で宵星はカレーを凝視していて、それに秀尚は言った。

「前に雰囲気が似てるって言ってたカレー、あれ俺のじいちゃんのレシピなんだ。それで、電話して詳しい話聞いてみたんだ」

最初に聞いたのは、店で出していたカレーのレシピは祖父のオリジナルかどうかだ。

もし、そうなら、偶然雰囲気が似ているというだけになるが、カレーについて何か聞いたことがあるような気もしたのだ。

祖父の答えは、

『あれは、わしが修業してた店のレシピを改良したもんだ』

というものだった。

店のレシピにしても時代に合わせて少しずつ調整を加え続けて、最終形態になったものが、秀尚が教えてもらったレシピになるらしい。

「じいちゃんが修業した店って……関東大震災で潰れたりとかってあった？」

と聞いてみたが、

『いや、じいちゃん昭和《しょうわ》生まれだからな。関東大震災は生まれる前じゃ』

と笑いながら返された。だが、祖父が修業していた店のオーナーが若い頃に修業していた店は明治《めいじ》創業の洋食店で、その店は震災の時に潰れてしまったらしい。

その時の話を、酒が入るとよくしていたらしく、祖父が覚えていた。

もしかしたらカレーのレシピの元はそこかもしれない、と推測はできるが、今となっては分からないと言っていた。

その潰れた店が、暁闇が宵星を連れていった店かどうかも分からないし、宵星の思い出のカレーがその時のものかどうかも分からない。

それでも、試してみる価値はあると思ったので、祖父に店で改良する前のレシピはあるかと聞いたところ、レシピはすべて残してあるから探せばあると言い、昨日の夜、見つけたレシピを教えてくれたのだ。

今日作ったのは、それを元に作ったカレーだった。

牛脂《ぎゅうし》が多めなのでコクが強いが、ヘルシーなカレーに慣れているとくどいと感じる人もいるだろう。

秀尚は好きな味だが、好き嫌いがはっきりしそうで、秀尚の祖父が改良を加えたのは万人受けさせるためだというのが分かった。

宵星は黙ったまま、もう一口、口に運ぶ。

そして、俯いた。

いろいろなものが、少しずつ違う。

けれども間違いなく、あの味だった。

——これがカレーか、いい匂いだな——

——うまいぞ。食えよ——

そう大きくない店の一角で、暁闇と食べた。

暁闇も自分も、まだ少年の面影を残していた頃だ。

黒曜の許で初任務を終えた暁闇が、任務の報酬で宵星にごちそうしてくれたのだ。

その頃の宵星はまだ見習いで。

二人の間にできていた格差を、もう感じていた。

——俺も、早く暁闇みたいに一人前になりてえ——

そう言った宵星に、暁闇は笑って言ったのだ。

——黒曜殿の下で、二人で組もうか。俺たち二人なら、何が相手だって怖いものなしだ——

蘇った記憶に、宵星の中に言いようのない気持ちが湧き起こり、嗚咽が込み上げそうになる。

――ああ……。

胸の内で嘆息《たんそく》が漏れた。

長い時間の中で、いろいろと忘れてしまったことがある。

暁闇に追いつきたいとそればかり思って、追いつけない『差』ばかり見ていた。

見なくてはいけないのは、きっと他のものだったのに。

スプーンを握りしめたまま、黙って俯いて、多分泣いているのだろう宵星を秀尚はただ見守りながら、カレーを口に運ぶ。

このカレーが、宵星にとってどういうものなのか分からないが、それでも何か変えてくれそうな、そんな予感だけはあった。

――それが、いい方向に行くものなら、もっといい……。

そんなことを思いながら、祖父にとっても青春時代のいろいろな思い出が詰まっているだろうカレーを味わった。

◆◇◆

時間をかけてカレーを食べ終えた後、秀尚はカレー皿を持って厨房に下りた。

宵星はいつもどおりに洗い物を手伝ってくれようとしたのだが、洗うものと言ってもカレー皿二つとスプーン、サラダの皿と箸《はし》だけなので、手伝ってもらうほどではなく、宵星には二階でゆっくりしてもらうことにした。

秀尚は洗い物の後、そのまま明日の仕込みと居酒屋の準備に入った。

居酒屋は昨日は開店したが、冬雪と陽炎が揃って勤務で、暁闇も来ず、来たのは時雨と濱旭、景仙の三人だけだった。

この三人だけだと随分と静かで、

「居酒屋っていうより、小料理屋って雰囲気だよね、今日」

濱旭が言い得て妙なことを言い、それに乗って時雨が、

「あら、いらっしゃい。何にします?」

と女将《おかみ》の演技を始めた。

「じゃあ、ビールと風呂吹き大根……って、時雨殿、違和感ないのがすごい怖い」

そう言ってケタケタ濱旭が笑うのに、景仙も微笑む。

「アタシも自分でしっくり来すぎててヤバいと思ったわ……」

そんな小芝居があった程度で極めて静かな夜だったのだが、

「いやぁ、二日も空くと懐かしくてたまらんな!」

「ホントにそうだよねぇ」

陽炎と冬雪が来ると店はいつもどおりににぎやかになる。

声が大きいとかそういうわけではなく、厨房の人口密度が上がる関係性もあるだろうが昨日のしっとりという感じではなく、弾けた感じになる。

「じゃあ、定番のから揚げどうぞ」

秀尚は揚げたての鶏のから揚げを大皿で配膳台に置いた。

「揚げたておいしそー！　大将、ご飯もらっていい？　俺、これおかずにご飯食べる！」

相変わらずお米大好きな濱旭が言う。

「どうぞお好きなだけ」

秀尚が言うと嬉々としてどんぶり茶碗を持って保温ジャーに向かう。

「あ、このから揚げ何かピリ辛……でも、普通の唐辛子じゃないわ……何かしら」

時雨が鶏のから揚げをマジマジと見ながら言う。

「あー、多分柚子胡椒《ゆずこしょう》です」

秀尚が言うと、時雨は納得したように頷いた。

「ああ、柚子胡椒ね。確かにそうだわ」

「こっちは柚子胡椒じゃないですね……塩味ですが、どこか爽やかな感じが……」

景仙が食べたものがまた違う味だったらしい。

「それはレモン塩かな。今日は柚子胡椒とレモン塩と、ノーマルな醤油の三種類です」

答えながら次の料理を作っていると、

「邪魔をするぞ」

裏庭の扉から、暁闇が入ってきた。

相変わらず薔薇の花弁を撒いたらしく、肩口にそれが残っていた。

花弁を撒かなかったのは、宵星が怪我をして駆けつけた時くらいだ。その余裕もなかったらしい。

――っていうか、撒かずに出てこられるなら、撒かなくてもいいじゃん……。

そう思ったが、まだ暁闇とは軽口を叩ける関係性ができているとは言い難いので、とりあえず胸の内だけに収めておく。

相変わらずワイン持参でやってきた暁闇は、自分専用のワイングラスを食器棚から取り、暁闇が来た時点で天板をはね上げて広げられたスペースの前に腰を下ろした。

「今日はカリフォルニアだね」

「チリにするつもりだったが、気に入った銘柄がなかった」

冬雪の言葉に返しながらボトルを開け、ワインをグラスに注ぐ。

最初の頃はチーズを持参していたが、面倒になったのかなんなのか、今は普通にみんなと一緒に食べるし、ワインがなくなれば――一人でボトルを空けるわけではなく、時雨や冬雪が勝手に飲み始めるのでなくなるのだが――その後は日本酒だの焼酎だのを飲んでいるので、「ワイン始まり」なだけのようだ。

冬雪の「糖質を考えてハイボールスタート」だが途中から好き勝手飲み始める、というパターンと同じである。

——なんでも食べてくれるとはいえ、ワインに合うつまみで手早く作れそうなものはっと……。

秀尚はニンニクとタマネギ、トマト、青じそをみじん切りに、青ネギを小口切りにしてボウルに入れ、次にサンドイッチ用の食パンを四つに切り分けトースターで数枚分焼いていく。

食パンを焼きながら薄く切ったベーコンを、さらに横に一センチ幅に切ってからフライパンでカリカリに炒める。

炒めたベーコンを脂ごとボウルに入れておいた野菜に加え、レモン汁、塩、胡椒、それからオリーブオイルを適量入れて混ぜて、焼き上がった食パンの上に載せて、カナッペ風のでき上がりだ。

「どうぞ」

「あら、おいしそう。ワインに合いそうじゃない」

真っ先に反応したのは時雨だ。

「一応、そのつもりで出しました。あ、好みで粉チーズどうぞ」

秀尚は粉チーズのボトルを添えて出す。

「じゃあ、アタシ、ワインもらおうっと。暁闇殿、もらうわよ」

「僕も欲しいな」

すかさず冬雪も言い、暁闇が、ああといつもどおりに返し、三人でワインを飲み始める。

「いやいやビールにも充分だぞ」

陽炎はそう言ってビールを飲み続け、濱旭はカナッペを手に取り、トッピングをどんぶりご飯にかけて混ぜると、

「あ、レモン汁が爽やかでおいしい」

と新たな食べ方を編み出していた。

それに微笑みながら景仙もカナッペに手を伸ばし、

「ああ、レモンの風味が確かに爽やかでいいですね。それにベーコンのコクがちょうど合います」

と感想を言ってくれる。

「もう、秀ちゃんって何でこう、よく気がつくっていうか、黙っててもささっとその時のお酒に合うおいしいもの作ってくれちゃうのよ。ホント、女の子だったらとっくの昔に求婚してるわ……」

時雨がしみじみと、この居酒屋ではもう何度目か分からないセリフを口にする。

「時雨殿、抜け駆け禁止だから。そんなこと言い出したら、大将争奪戦が他の稲荷まで巻き込んで起きちゃうよ。もちろん俺も参戦するけど」

「おおっと、そうなったら俺も参戦するぞ」

「もちろん僕もそうなるよね」

濱旭、陽炎、冬雪が続けて言い、

「光栄ですが、まるっとお断りします」

と、秀尚が返すまでが一連の様式美として、最近定着した流れだ。

「……何だ、この茶番は」

そう言って暁闇が笑う。

「この流れに乗ってこそ、ここの常連よ？」

時雨がそう言った時、二階から階段を下りてくる足音が聞こえ、宵星が姿を見せた。

風呂を終えたらしくパジャマ姿だ。

「あ、宵星くん。ごめん、うるさかった？」

秀尚の言葉に宵星は頭を横に振った。

「いや、そういうわけじゃねえ」

宵星は答えながら靴を履き、厨房に入ってきた。

「いらっしゃーい。ほら、アタシの膝の上が空いてるわよ」

時雨はそう言うと、有無を言わさず宵星を抱き上げて強引に膝の上に座らせる。

「なんでこうなるんだよ、配膳台広くなっててんじゃゃねぇかよ」

宵星は一応反論するが、時雨ホールドから逃げられたためしがないので諦め顔だ。

「座高的にまだちょっと高いじゃない。それに、このほうがアンタだっていろいろ食べ物取りやすいでしょ？」

時雨がそう言うのに、

「俺の膝の上も空いている」

暁闇が呟くように言うが、

「辱めの相手は一人に固定しといたほうが、気持ち的に楽だ」

聞きようによっては失礼な言葉だが、時雨は気にした様子がない。

だがその宵星の言葉より、暁闇と普通に顔を合わせ言葉を返している様子に、秀尚は宵星の心境の変化をはっきりと感じ取った。

それは他の稲荷たちも同じだっただろう。

「しかし、一昨日はお手柄だったな」

陽炎が労うように言った。

「そうでもねえだろ。踏ん張れてりゃお手柄っつってもいいのかもしれねえけど、一緒に転がり落ちてんだし」

宵星はそう言って頭を横に振る。

「いやいや、そうなるって分かっってても助けに飛び込めるっていうのはなかなかできるもんじゃない」

陽炎が言うのに冬雪が頷く。

「チームで動くことが多いから、自然とそういう目配りがきくのかな」

「どうだろうな、分かんねえ」

本当に分かっていない様子で言う。

そんな宵星の様子を見てから、暁闇は視線を陽炎へと向けた。

「おまえがいながら、宵星に怪我をさせるとは……」

あの日、店で食事をして子供たちから目を離していた陽炎を、多少ご立腹モードで詰《なじ》る。

それに陽炎は両手を肩の高さまで上げて、

「はいはい、ごもっとも」

あんまり反省していない態度で返し、時雨はそんな暁闇の様子に、

「盛大にブラコンこじらせてるわねぇ……」

そう言って笑う。

時雨のその言葉に、みんながふっと笑って居酒屋の空気が軽くなり、そんな中、宵星が口を開いた。

「俺は、ずっと一人で任務に出てぇって、そう思ってた」

その言葉を全員が静かに聞く。

「黒曜殿の許に行ってから、ずっと部隊に配属されて、単独任務に出たことがないまま、部隊長になって……正直、不満に思ってた」

それは、秀尚にとっては意外に感じる言葉だった。

「隊長って、すごいことなんじゃないの？」

平隊員で腐ってたというなら分かるが、隊長なのだ。

不満に思うこともないような気もするが、

──単独任務に出たいのに出られないってところがネックなのかなぁ？　隊長って立場が向いてないって感じてる、とか？

宵星の言葉から納得できる理由を考えようとする。

だが、宵星が告げた理由は、秀尚が想像したのとは違っていた。

「集団で作戦に当たらなきゃなんねえってのは、個人の能力が低いからだって、そう思ってた。実際、俺には暁闇みてぇに突出した力はねえし」

「それは違う」

即座に反応したのは暁闇だ。

そして、その言葉に、宵星は頷いた。

「分かってる。……ただの兄弟なら、俺もすぐに納得できた。けど、双子で……見習いに上がるのも、見習いから正式に稲荷として認められるのも、暁闇のほうが先だった。ガキの頃はそんなに気にならなかった差が年を追うにつれて大きくなって……、黒曜殿の許に行っても、それを感じてた。暁闇は単独行動が常《つね》って言ってもいい。それに対して俺は部隊での任務しかなかった。それは、俺個人の能力が劣ってて、単独任務を任せられねえって判断だと思ってた」

複雑な胸の内を宵星が吐露《とろ》する。

だが、その口調は静かで——宵星の中である程度の、悟りではないが感情の収まりどころがついているような、そんな気がした。

「それでも、部隊を任される立場になって、だったらその任務に専念して、成果を挙げて認めてもらうしかねえって思ってやってきた。それなりに順調で……俺もやっと一人前っつーか、まあそこそこやれんじゃねえかって思った矢先にミスってあのザマだ。所詮《しょせん》俺はこんなもんだって思ったら、心底全部が嫌になった」

それでもまだ感情の揺れる部分があるのだろう。

語尾を少し震わせて、宵星は押し黙る。

訪れた沈黙の中、静かに口を開いたのは景仙だった。

「私の妻は、別宮で任についています。別宮は七尾以上の稲荷ばかりだから円滑に回ると思われがちだが、決してそうではなく、束《たば》ねる者がしっかりしているからだと言っていました。個人の能力が突出したものばかりだとしても、束ねることに長《た》けた者がいなければは、集団としてはい使い物にならず、そして、束ねることができる者というのは、限られた者だけだと。

……それは、別宮に限らず、黒曜殿の許でも同じでしょうし、これまで黒曜殿が隊を任せていらしたのであれば、宵星殿の才《さい》は、宵星殿が望んだものとは違ったかもしれませんが、纏め上げる立場に立つ者として発揮されていたということなのではありませんか」

その言葉に濱旭は深く頷いた。

「それ、チョー分かる！　うちの会社、前の部長が本当になんていうか意味不明でさー。ワンマンっていうの？　部署の人間の抱えてる作業とか手順とか全然見えてなくて、いろんなことが滞りまくっててみんなストレス抱えてたんだよね。けど、ちょっと前に新しい部長に変わって、そしたらいろんなことがスムーズに進んで、忙しいのは変わんないけど、ストレスがない分全然違ってて、上が変わるだけでこんなに違うのかーって超実感してる！」

実感がこもった言葉に、冬雪があることに気づいて言った。

「そう言えば濱旭殿、最近、疲弊しきって本宮に戻ってくることなかったね」

人界任務の稲荷たちは、疲労が溜まりすぎると本宮に戻る。人界ではなかなか取りきれない疲労も彼ら本来の居場所とも言える本宮に戻れば、すっきりするらしいのだ。

「最後に本宮に戻ったのって、夏の飲み会で飲みすぎた時だけかなー。あれはいい酒すぎて、進んじゃってさー」

にこやかに笑って言う濱旭は、

「でもさ、前の部長だって、能力低いってわけじゃなかったんだよね。けど、人を動かすって立場に向かなかっただけで」

と続け、時雨も頷く。

「そうなのよね、ヘタに部下なんて抱えちゃうと、そこに目を配らないとなんないから、一人でやってるほうが何倍も楽ってこと、あるわ」

ため息をつく時雨に陽炎が首を傾げた。

「うん？　時雨殿は部下を持つ立場だったか？」

その問いに、

「部下ってわけじゃないけど、女子会の面々がいろいろ相談事を持ってくんのよ。色恋関係で！　こっちは女子少なすぎて殺伐としてんのに、ほぼ同数の異性がいるんだからごちゃごちゃ言うんじゃないわよって言いたいのを堪えて、相談に乗ってんのよ……」

時雨は荒ぶる。その言葉に、

「女子会って……うん、なんか想像ついたけど」

宵星は呟いた。

「アンタたちに教えといたげるけど、女子会って野郎共が妄想してるようなキャッキャウフフばっかりじゃないわよ……。あの子たち、仕事しながらびっくりするくらい冷静な目で男の査定やってるから。その報告会も兼ねてんのよ。もう、どんだけ辛辣《しんらつ》なのアンタたちって何回言ったか……」

　遠い目をする時雨に、どんまい、と冬雪が声をかける。

　それからしばらく宵星は居酒屋にいたが、時計の針が十時を回る頃、そろそろ寝るから、と時雨の膝の上から下りた。

「ああん、もう行っちゃうのね」

　名残惜しいような時雨の様子に、

「一時間以上座ってただろうが。じゃあな、おやすみ」

　宵星はそう言って階段へと向かう。

　だが、靴を脱ぎ、階段の一段目に乗った宵星は不意に振り返り、暁闇に声をかけた。

「暁闇」

「どうした」

「明日の夜、俺の面、持ってきてくれ」

　その言葉に、暁闇は一瞬言葉に詰まった後、

「分かった」

　短く返した。

「じゃあな」

　宵星は軽い足音を立てて二階へと戻っていく。

「もうすっかり元気そうで何よりだ」

陽炎はそう言ったが、それは一昨日の怪我のことか、それとももっと別の意味を含んだものかは分からなかった。

しかし、誰もそれを問うことなく、ただ頷いた。

九

翌日、ランチタイムが終わり、店の様子が落ち着いた頃、秀尚と宵星は昼の賄いを厨房で食べていた。

ランチで残った鮭のバターソテーとポタージュスープ、それからサラダだ。

いつもと変わらない食事風景だが、不意に宵星が言った。

「もしかしたら、店の手伝い、今日が最後になるかもしれねぇ」

その言葉に秀尚は、え？　と聞き返した。

「帰るの？」

「帰るっつーか、今夜、暁闇が来て……うまくいけば元の姿に戻れる。……まだ、分かんねぇけど」

「そっか……、うまくいったらいいね」

秀尚はそう返した後、

「寂しくなるし、随分、お店手伝ってもらったから、これからキツイなーって思うけど」

笑って続けた。そんな秀尚に、

「あんた、本当に変わってんな。普通、いろいろ気になるだろ？　俺のことにしてもさ。なのに、ほとんどそういうこと聞いてこねえのな」

宵星が不思議そうに言う。

「んー、そりゃ、気にはなったけどさ……俺に何ができるってわけでもないのに、根掘り葉掘り聞くのってどうかと思うし。とりあえず、近い場所で生活するに当たって、知っとかないといけないところだけ押さえられたら、あとはおいおい分かることもあるだろうし、分かんなくても、それは俺が知るべきことじゃないって話だと思うし」

親しく口を利いて接していても、属《ぞく》する世界が違うことは理解している。

秀尚がただの好奇心で不用意に踏み込んでいい世界ではないだろうことも分かっている。

だからといって秀尚も、都合のいいように使われるつもりもない。

こちらの譲れないラインはきちんと提示して、その上でならできることはしようと思うだけの話だ。

もちろんそのラインはたびたび微妙に揺らぐわけだが、今のところ結果オーライになっている。

そんな秀尚の返事に、

「……とりあえず、あんたには感謝してる。あと、あの大工みてえな兄ちゃんとか、ちびたちにも」

宵星は静かな声で言った。それに秀尚は頷く。

「あわいのみんな、きっと残念がるよ。『宵星お兄ちゃん』のこと、大好きだから」

宵星は、照れ隠しのためだろう、顔を顰《しか》めてみせる。

その時、店に新たな客が入ってきて、

「さて、もう一働きしてくるか」

宵星は箸を置くと、客に水とおしぼりを出しに行き、秀尚もすぐに入るだろうオーダーのために手早く食事を終えた。

◆◇◆

夜になり、暁闇が居酒屋にやってきた。

今日も薔薇の花弁を撒いたらしいが、秀尚はもう諦めた。

「おう、来たな。……ん？　今日は手ぶらか？」

いつもはワインを片手にやってくるのに、今日は持っておらず、代わりに下半分の狐面を持っていた。

暁闇は、今日も今日とて時雨の膝の上にホールドされている宵星に狐面を差し出した。

「持ってきた」

「……おう」

宵星は差し出された面を受け取ると、下りるぞ、と時雨に言い、するりと時雨の膝の上から下りた。

そして、渡された仮面をじっと見つめ、少ししてから言った。

「なんでこの姿になっちまったのか、俺自身、正直分かってねえ。目が覚めたら、この体になっちまってた。けど……あん時はとにかく俺は、逃げたかった」

静かな落ち着いた声で言う。

それをみんな、ただ黙って聞いた。

「起きたことからもそうだし、自分の立場も……それ以上にあん時の自分自身からもな。とにかく、全部が嫌になっちまってた」

狐面を見つめたまま、宵星は一つ一つ、自分の気持ちを確認するように言葉を紡ぐ。

「最初にこの体くらいだった年の頃は、まだ暁闇との差とかも感じてなかった。……だから、この体になっちまったんだと思ってる」

二人の間に差がなかった――いや、実際にはその頃から差はあったのかもしれないが、互いに気づかずに過ごしていた頃。

悩みらしい悩みもない子供だった頃に、逃げ込もうとしたのかもしれない。

あの頃に戻れたら。

もう一度あの頃に戻ってやり直せたら。

それは、秀尚にも覚えのある感情で、もしかしたら他の常連稲荷たちにも同じなのかもしれない。

けれど、知っているのだ。

「あの頃に戻る」ことはできないと。

しかし、もう一つ、知っていることもある。

なかったことにはできなくても、「やり直す」ことはいつでもできるのだと。

「でも、もういい。俺は、元の体でやんなきゃなんねえことがあるって分かったから。ちゃんと納得して、前に進む。また失敗することもあるだろうけどな」

宵星ははっきりと言った。

「宵星……」

そんな宵星の名前を、暁闇は感動しきった様子で呼び、その声だけで秀尚及び常連稲荷たちは、

――うん、ブラコン。

その思いを共有する。

「じゃあ、戻るのか。元の体に」

陽炎が聞いた。

それに宵星は、ちょっと困ったような薄い笑みを浮かべる。

「戻り方も、分かんねえんだけどな。……けど、真剣に祈れば、何とかなると思う」

そう言うと、手にした下半分の面を自分の顔に押し当て、目を閉じ祈った。

全員が固唾《かたず》を呑んで見守る。

……。

……。

「うん？　ちょっと調子が悪いのかな？」

何も起こらないまま続く静寂に冬雪が声をかけると、宵星は一度面を顔から離し、それからもう一度、精神を統一してチャレンジする。

だがしかし、気まずい静寂が広がるだけだった。

「だ……、大丈夫だ、宵星。三度目の正直という言葉がある」

暁闇が励ましたが、うんともすんとも、だ。

「…とりあえず、飲むか」

微妙な空気感の中、陽炎が言った。

「そうね、飲んでるうちに化学変化が起こるかもしれないし」

時雨も言い、常連稲荷たちは居酒屋を再開する。

「陽炎殿、新しいビール出してくれる？　暁闇殿もビールでいいよね？」

濱旭が言い、陽炎が立ち上がると、

「僕にも炭酸もらえるかな……振らずに」

炭酸水を振って渡されたことのある冬雪がついでに頼む。

そんな常連たちの声を聞きながら、落ち込む宵星に、

「戻り方が分かんないんだから、仕方ないよ。でも戻りたいって気持ちも本当なんだし、もしかしたら、この体になった時みたいに、寝て目が覚めたらってパターンかもしれないし」

秀尚はそう声をかける。

その言葉に、宵星と、それから暁闇も「それもそうか」と納得した。

「じゃあ、もしかしたらその体は今夜が最後かもしれないから、ほら、いらっしゃいよ」

時雨がそう言って再び自分の膝の上を指すが、

「いや、万が一あんたの膝の上で元の姿に戻ったら画面的にシュールなことになりそうだから遠慮する」

と、多少配膳台と高さが合わないが、そこまで問題ではないのでイスを持ってきて座る。

「じゃあ、丁度いい感じに煮込めた鶏と豆のトマト煮どうぞー」

秀尚はどかん、と大皿に盛った料理を出す。

「これも白ご飯に合いそう。大将、ご飯もらうね！」

ご飯族の濱旭は、やはりどんぶりを持って炊飯ジャーに向かう。

みんなが食べている間に秀尚は手早くできる炒め物を何品か並行して作っていく。

「なんか手伝うか？」

その中、宵星が近づいてきて聞いた。

「あー、じゃあこれ、仕上げに鰹節《かつおぶし》振ってくれる？」

秀尚はできたての豆苗と桜エビの炒め物を皿に盛って宵星に託す。

「分かった」

宵星は言われたとおり鰹節を振って配膳台に置く。

「新しい料理できたぞ」

「おお、これは日本酒に合いそうだな。日本酒に変えるか。景仙殿ももうビールが終わりだろう？　どうする？」

陽炎が問うのに景仙がお願いします、と頼み、陽炎は日本酒の準備をする。

「ちょいとぬる燗《かん》が欲しい季節になってきたなぁ」

と呟きながら、日本酒を徳利《とっくり》に注いで電子レンジで軽くチンした。

「はいよ、景仙殿」

できたぬる燗を一本は景仙に渡し、陽炎は座り直すとお猪口《ちょこ》に注ぐ。

そして手に持ったお猪口を、何を思ったか、宵星のほうに置いた。

「勢いがついて元に戻るかもしれんぞ」

「そういうこともあるか」

宵星がなるほどなとでも言いたげに返し、お猪口を手に取ろうとするのを、秀尚が即座に阻止し、もう片方の手で陽炎の頭にチョップを入れた。

「痛っ、おまえさん、急に暴力をふるうのはよくないぞ」

「子供に何、飲酒勧めてんですか。教育的指導です」

秀尚が返すと、

「中身は大人なんだがな」

と、最近聞いたようなことを宵星は返す。

「外側も大人になってからにして」

秀尚はそう言って取り上げたお猪口を、宵星の手の届かない場所に置く。

「早く大人に戻って酒飲みてぇ……」

冗談交じりに呟いたその時、突然宵星の体の周囲に星のようなきらめきが起きた。

「……え？」

そのきらめきが強くなり宵星の体を覆い尽くしたかと思うと、一気に霧散し――そこには下半分の面をつけた長身で黒髪の大人稲荷が立っていた。

「宵星……っ」

暁闇が、感動しきった様子でイスを倒しながら立ち上がり、宵星を抱きしめた。

「暁、闇……」

宵星が顔を顰める。

「宵星、よかった……」

「苦しい…絞めんな……、おいっ！」

「……っ！」

不意に暁闇が、声にならない呻きを漏らして宵星から離れる。

どうやら脇腹に手刀を入れられたようだ。

「てめえ、自分の腕力考えろ、絞め殺す気か……」

宵星はそう言った後、あっけにとられて見ている秀尚へと視線を向けた。

「あんたには、世話になったな」

長身から見下ろしてくる、下半分が隠れていても、涼やかな目元だけで圧倒的イケメン感を放つ宵星に礼を言われた秀尚は、

「え、あー……どういたしまして？」

咄嗟にどう返していいか分からず、なぜか語尾が疑問形になってしまう。

そんな秀尚に、

「礼はまた改めて……行くところがあるんでな」

そう言うと、指先で空中に何か描き、その場から消えた。

「悪いが、俺も失礼する」

晩闇も言い、同じようにして消えた。

「……えっと、今の、何？」

呟いた秀尚に、

「何って、元の姿に戻ったんだろう？」

陽炎が言う。

「それは分かるけど、なんで急に？」

三度もチャレンジしてダメで、どうしてさっきだったんだろうかと、そこが疑問なのだ。

「うーん、あれじゃない？　パソコンでもアップデートした後再起動する時って時間かかるじゃん。それと同じ感じっていうか」

濱旭がありそうなたとえで説明してくれるが、

「いや、単に酒が飲みたかったという説もあるぞ」

陽炎が笑って言ってくる。

「あー、それもありそうだね」

冬雪は軽く返した後、

「もう少し、暁闇殿と宵星殿のこと、聞いてみたかったなぁ」

と呟く。

「うん、俺もそれは思う。任務のこととか、ちょっと興味あるよね」

濱旭も同意し、景仙も多少の興味はあるのか頷いていた。

「黒曜殿の配下だから、仕方ないわ。でも、今回はわりと知れたほうじゃない？」

時雨が言うのに陽炎は頷きつつも、

「もしかしたら素顔が拝めるんじゃないかと思ったが、仮面を取ったところは見られなかったしな。そこは結局謎のままだ」

と言い、それに常連たちが頷く中、

――双子の稲荷で、暁闇さんが上半分、宵星くんが下半分のお面なんだから……足せば
……、え？

秀尚はそう思ったが、

――まあ、みんなが謎だと思ってるんなら、謎のまんまでいいか……。

あえて口にするのはやめた。

「まあ、とりあえず、無事元の姿に戻れてよかった。本人はいないが、宴だ、宴」

陽炎が言い、

「そうね、おめでたいわ。じゃあとっておきの大吟醸出しちゃう？」

時雨が言い、全員が宵星復活にかこつけて、大吟醸を開けて宴を始めたのだった。

十

宵星が加ノ屋を後にして十日ほどが過ぎていた。

秀尚はこの日の営業を終えて、簡単に夕食を取るといつもどおりの翌日の仕込みと居酒屋の準備を始めた。

店を手伝ってくれていた宵星が帰ってしまった直後は、一人での切り盛りのペースに戻るまであたふたと焦ることもあったが、最近、ようやく秀尚はまたペースを取り戻していた。

——なんだかんだ言って、戦力としては大きかったもんなぁ……。

そして、看板息子として密《ひそ》かに人気だったのも知っている。

帰ったと聞いて、残念がる客も結構いたのだが、普通なら学校に通っているはずの子供がここにいることに、某《なにがし》かの事情を汲み取ってくれていたらしく、そのあたりのことはよかったと思ってくれている様子だ。

——元気にやってるかな……。

配属されている部署の関係上、いろいろと秘密が多いらしいので、今どうしているかというのは常連稲荷たちも知らないのかもしれない。

彼らでさえ知らないことを秀尚が知る術《すべ》などあるはずもないので、まあ、元気にやってるだろう、と勝手に推測しておくにとどめる。

「とりあえず、明日の仕込みはこんなもんで……今日はみんなに何出そうかなぁ…中途半端にぶりが残ってんだよね……照り焼き、は定番すぎかな……焼くか、揚げるか……揚げよう、エリンギと一緒に竜田揚げにしちゃお」

残り食材を見ながらメニューを決め、準備を始めたその時、厨房の空きスペースに突然キラキラした光が広がった。

「……え？　何？」

まぶしいほどの光が広がった次の瞬間、深紅の薔薇の花弁と黒い羽根を撒き散らしながら暁闇と宵星が現れた。

それぞれ、片手にワインと、日本酒の一升瓶を持って。

「……は？」

あっけにとられている秀尚に、

「しばらくぶりだな」

宵星が歩み寄ってきた。

「え、なんで」

呆けたままの秀尚に、

「世話になった礼と言っただろう。見舞いに行ったり、いろいろと報告書を纏めたりしてたら思いのほか時間が経っちまったが」

　宵星が言う。

「確かに、聞いたけど……」

　呟いた秀尚の前に、宙に舞っていた羽根が遅れてふわりと落ちてきて、

「っていうか、厨房でいろんなもん撒き散らすのやめてほしいんだけど！　ご飯作ってるとこなんだから！　ほら、さっさと掃除して、掃除！」

　外でならまだしも厨房内での暴挙《ぼうきょ》に秀尚はキレる。

「感動の再会には程遠いな」

　呆れた様子で呟く暁闇に、

「花びらと羽根がなかったらそれなりに感動したけど？　もー、ほら、ぶりに羽根ついちゃったじゃん……」

　秀尚はぼやきながらついた羽根を外して捨てる。

　その時、店のほうから陽炎と景仙が入ってきて、暁闇と宵星を見つけると、

「おー、来たのか」

「お久しぶりですね」

　と再会を喜び合う。

「ああ、黒曜殿に報告したり、怪我をした稲荷が戻るまでの部隊の再編成を考えたりしてい

たら時間がかかった」

　宵星が説明する。

「もう外部の任務に戻るのかい？」

「いや、もう少し先だ。隊の新人が慣れてくれ次第だな」

「じゃあ、それまでは本宮詰めですか？」

　景仙の問いに宵星は頷くと、

「ああ、その間は暁闇と遊びに来させてもらう……あのカレーも、また二人で食いたいしな」

　そう言って暁闇を見やり、暁闇も頷いた。

「机も広がったし、ちょうどいい。そのうち、みんなも来るだろう、先に始めるか」

　陽炎が言い、順番に配膳台につく。

　そしていつもどおりに酒の準備をして、呑気にかんぱーい、と酒を飲み始める。

　宵星は暁闇と同じ上半分の狐面――色は白だが――を装着し直して、酒を飲む。

「ああ……うまい」

　実感のこもった言葉に、

　――酒飲みたさに大人に戻れた説、結構当たってんのかも。

　ぶりを揚げながら秀尚は密かに思う。

そうこうするうちに常連稲荷たちが全員集まり、宵星との再会を喜び、居酒屋では改めて宵星復活の宴が華やかに始まった。

秀尚は料理作りに追われながらも、

「姿が戻って、やっと治癒院にいる稲荷の見舞いにも行けたが、思った以上に回復が速かった。あの様子なら半年ほどで任務に戻ってくれるだろう」

宵星が話すのを聞き、宵星が葛藤を超えて見舞えたことや、怪我をした稲荷の状態が上向いていることなどが分かって安堵したのだった。

おわり

こぎつね、わらわら　コミカライズ出張版

漫画・ツグロウ

コミカライズ版
こぎわら
電子書店様にて
配信中です！
よろしくお願いします！
ツグロウ

本書は書き下ろしです。

SH-056

こぎつね、わらわら
稲荷神《いなりがみ》のおもいで飯《めし》

2021年2月25日　第一刷発行

著者　松幸《まつゆき》かほ
発行者　日向晶
編集　株式会社メディアソフト
〒110-0016
東京都台東区台東4-27-5
TEL：03-5688-3510（代表）/ FAX：03-5688-3512
http://www.media-soft.biz/
発行　株式会社三交社
〒110-0016
東京都台東区台東4-20-9　大仙柴田ビル2階
TEL：03-5826-4424 / FAX：03-5826-4425
http://www.sanko-sha.com/

印刷　中央精版印刷株式会社
カバーデザイン　長崎 綾（next door design）
題字デザイン　小柳萌加（next door design）
組版　大塚雅章（softmachine）
狐面協力　秋津屋（@amazkizne）
編集者　長塚宏子（株式会社メディアソフト）
菅 彩菜、印藤 純、川武當志乃（株式会社メディアソフト）

ISBN 978-4-8155-3527-8

SKYHIGH文庫公式サイト　◀著者＆イラストレーターあとがき公開中！
http://skyhigh.media-soft.jp/